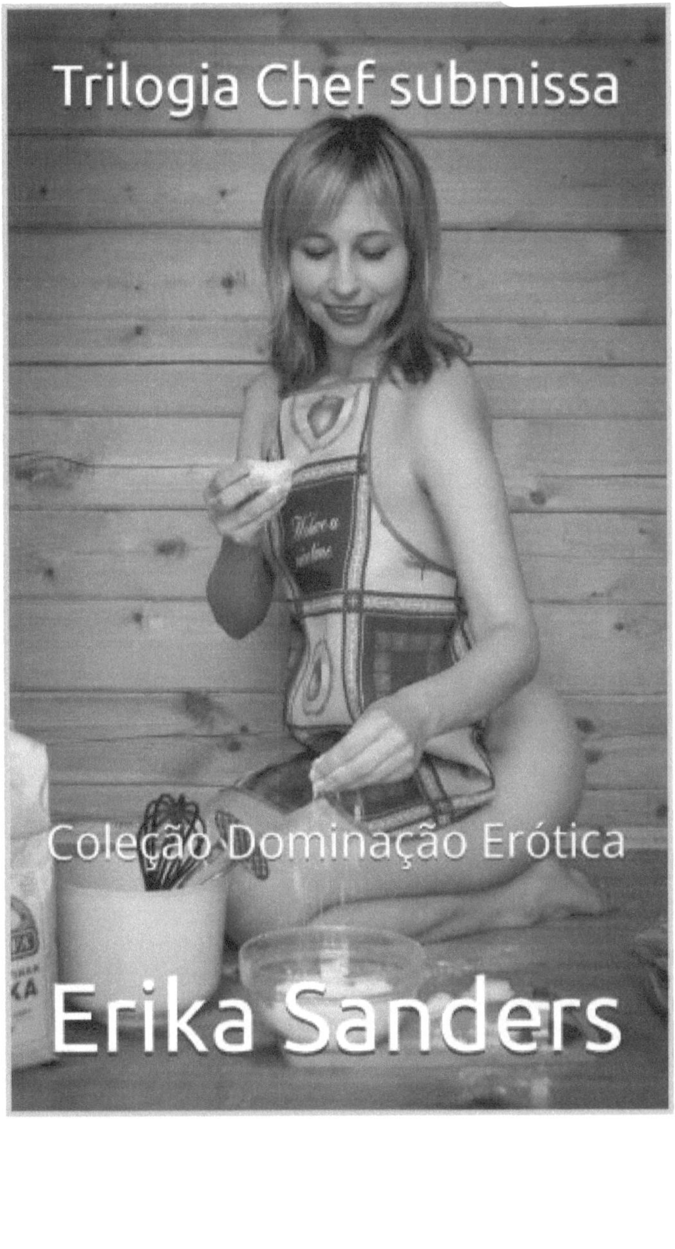

Trilogia Chef submissa

Coleção Dominação Erótica

Erika Sanders

Trilogia Chef submissa

Erika Sanders
Serie
Coleção Dominação Erótica

Sinopse

A trilogia Chef submissa consiste nos seguintes títulos:

Chef submissa 1:

Cristina é uma chef recém-saída da escola de culinária que está procurando seu primeiro cliente.

Nesta busca, ela conhece Paul, um milionário com gostos muito peculiares ...

Chef submissa 2:

Cristina já é uma chef consagrada com uma posição de chefe de cozinha em um grande restaurante.

Outro chef, Michael, que também tem intenções muito específicas para Cristina, trabalha sob suas ordens neste restaurante ...

Chef submissa 3:

Cristina já é uma chef consagrada com uma posição de chefe de cozinha em um grande restaurante.

Uma nova garçonete, Lydia, começa a trabalhar em seu restaurante.

Uma garçonete que deixa Cristina muito interessada....

A trilogia Chef submissa é um romance com forte conteúdo erótico de BDSM e, por sua vez, um conjunto de histórias pertencentes à coleção Erotic Domination, uma série de romances com alto conteúdo de BDSM romântico e erótico.

(Todos os personagens têm 18 anos ou mais)

Nota sobre a autora

Erika Sanders é uma escritora conhecida internacionalmente, traduzida para mais de vinte línguas, que assina os seus escritos mais eróticos, longe da sua prosa habitual, com o seu nome de solteira.

Índice

TRILOGIA CHEF SUBMISSA
ERIKA SANDERS

10

CHEF SUBMISSA 1

PRIMEIRA PARTE
CONSENTIMENTO MÚTUO

12

CAPÍTULO 1

A carta foi uma bênção.

Eu mal conseguia segurar as lágrimas.

Cristina acabara de terminar seus estudos culinários e seu novo negócio de catering estava começando difícil.

Ele ficou em seu pequeno apartamento e conferiu todas as palavras da carta manuscrita.

Dear Cristina,

Espero que esta carta chegue até você. Perdoe-me, mas não uso email. E geralmente não gosto de telefonemas. Estou fora de moda.

Eu conheço sua mãe. Nós nos conhecemos brevemente na festa de um amigo em comum há várias semanas. Sua mãe mencionou casualmente seu negócio de catering várias vezes. Eu pensei sobre isso e parece interessante. Eu nunca contratei um fornecedor antes.

Se você estiver interessado em um novo cliente, entre em contato comigo e talvez possamos chegar a um acordo. Eu sou uma péssima cozinheira. E ouvi dizer que você é muito bom.

Meus melhores desejos e boa sorte com o seu negócio,
Paul

Finalmente, ela pensou. A boa sorte estava começando a aparecer.

CAPÍTULO 2

Uma semana depois.

Cristina estava dirigindo pelo bairro rico em seu carro velho e em ruínas.

Ele era claramente impressionante, mas não se importava.

Fiquei feliz por estar neste bairro para um possível trabalho em potencial.

Ele estacionou na entrada do endereço que lhe fora dado.

Eu não tinha ideia de como Paul era.

A única interação real deles foi com um pequeno telefonema para organizar a reunião.

Cristina bateu na porta.

Respondeu uma velha negra.

A mulher estava vestindo uma roupa de empregada.

A mulher permaneceu estranhamente silenciosa enquanto se entreolharam.

"Olá", disse Cristina sem jeito. "Estou aqui para ver Paul."

A velha negra assentiu.

"Venha aqui."

Cristina entrou e a criada fechou a porta.

A criada a levou pelas escadas de uma casa bastante grande.

Cristina olhou em volta com os olhos cheios de inveja.

Tudo era velho, escuro e rústico.

Havia antiguidades em todos os lugares.

Pinturas clássicas foram exibidas nas paredes.

Chegaram a um corredor e a empregada abriu uma porta depois de bater primeiro.

Cristina entrou e a criada foi embora.

Era uma sala de escritório.

Paul estava sentado atrás de sua mesa trabalhando.

Ele era um homem bonito na casa dos 40 anos.

Ele tinha uma expressão no rosto como pedra que era impossível de ler.

Seu rosto era perfeito para o poker.

Seu rosto permaneceu inexpressivo.

"Por favor, sente-se", disse ele.

Cristina ficou intimidada por sua presença e por sua própria falta de experiência nos negócios.

Eu nunca fechei um acordo antes.

Ela se sentou em sua mesa.

"Você deve ser novo nessa linha de trabalho", disse ela.

"Porque disse isso?"

"Eu pude sentir seu nervosismo quando você entrou. Você deveria tentar relaxar. Calma, eu estou aqui para ajudá-lo com o que você precisar."

Ela deu um sorriso constrangedor.

"Levar isso em conta."

"Tudo bem. Agora me fale sobre o seu negócio de catering."

"Bem, ainda é muito novo", disse ele depois de um pouco de reflexão. "Posso preparar refeições para atender às suas preferências específicas. Se você precisar de uma festa, posso contratar pessoas adicionais. Tenho muitos amigos da escola de culinária."

"Isso não será necessário. Prefiro que você trabalhe sozinho. Existem menos problemas dessa maneira."

Cristina acenou com a cabeça.

"Eu acho que você mora sozinho e você quer que eu faça suas refeições."

"Muito esperto".

"Você tinha um acordo específico em mente?"

"Isso depende", respondeu Paul. "Está ocupada?"

Ela deu um sorriso envergonhado.

"Pelo contrário. Você é meu primeiro cliente de verdade. Fiz pequenas coisas aqui e ali. Principalmente pelos amigos de minha mãe que estavam me fazendo um favor."

"Você quer aconselhamento profissional gratuito? Nunca revele uma fraqueza. Não parece bom."

"Ah, claro. Eu vou lembrar."

"Quanto a um acordo", respondeu Paul. "Você poderia preparar as refeições para mim? Almoço e jantar."

"Claro. Isso não será um problema."

"Excelente. Gostaria que as refeições fossem entregues em minha casa às 11h30 em ponto. De segunda a sexta-feira."

"Claro", ela concordou.

"Este acordo, no mínimo, durará pelos próximos meses. Qualquer um de nós tem a opção de cancelar o acordo a qualquer momento. Entendeu?"

"Sim, entendo."

"Excelente."

"Você tem preferência por comida?" Cristina perguntou. "Minhas especialidades incluem francês, italiano e estilos diferentes da Ásia ..."

Ele balançou sua cabeça.

"Não importa. Basta levá-la a tempo."

"OK."

"Agora vamos discutir os números. Como soam 100 dólares por dia? Isso é justo?"

Os olhos de Cristina se arregalaram.

O trabalho e a quantidade oferecida foram muito mais do que eu esperava.

Ela percebeu que devia ter parecido um tolo com uma expressão de filhote no rosto, então recuperou a compostura.

"Isso parece razoável", ele respondeu calmamente. "Se estiver tudo bem."

"Então está resolvido. Você pode começar amanhã?"

"Não tem problema. Mas você tem certeza de que não quer tentar minha comida primeiro?"

"Francamente, eu não me importo com o sabor da comida. Você foi para a escola de culinária. Isso é bom o suficiente para mim. Não quero me preocupar com a comida enquanto estiver trabalhando".

Cristina acenou com a cabeça.

"Tudo bem. Eu entendo. Posso perguntar o que você faz? Sua casa é linda. Adoro a atmosfera rústica."

"Fiz várias coisas na minha vida. Hoje em dia sou comerciante de arte. Também lido com antiguidades raras. No momento, estou focado na minha escrita."

"Que escreve?" ela perguntou.

"Algumas lembranças. Eu não pretendo ser alguém famoso ou importante. Mas tenho algumas histórias para compartilhar. Seria uma pena se ninguém as ouvisse. Também estou trabalhando em alguns livros de ficção".

"Oh, parece interessante. Talvez eu possa lê-los um dia. Adoro ler biografias e memórias."

Paul sorriu levemente.

"Eu não acho que você esteja interessado."

"Porque não?"

"É uma suposição. Mas quem sabe? Às vezes eu estou errado sobre essas coisas."

"Tudo bem", Cristina assentiu sem jeito.

Paul levantou-se e caminhou em direção a Cristina.

Ela entendeu e se levantou também.

Paul era quase um pé mais alto que ela.

Seu corpo estava no corpo esbelto e pequeno de Cristina.

Ele estendeu a mão e eles apertaram as mãos.

"Temos oficialmente um acordo", disse ele. "Espero a primeira série de refeições amanhã às 11:30 da manhã. Não se atrase. Não tolero desobediência."

Ela engoliu em seco.
"Sim senhor."

CAPÍTULO 3

Cristina ainda estava impressionada com a reunião com Paul.

Ele se deitou na cama e olhou para o teto.

A oferta parecia boa demais para ser verdadeira.

Foi quase incrível.

Mas ele temia que fosse uma piada cruel, ele pensou.

Ele pegou o telefone e ligou para a mãe.

Sua mãe sempre atendia suas ligações em alguns tons.

Quando ela atendeu, Cristina não perdeu tempo e explicou tudo para ela.

Nenhum detalhe foi poupado.

Cristina contou à mãe tudo sobre a oferta e todos os sentimentos que teve ao conhecer Paul.

"Isso é maravilhoso", respondeu sua mãe.

"Eu sei. É meio louco, certo? Mas não vou acreditar em nada disso até que seu dinheiro esteja na minha mão. Até então, imagino o pior."

"Concentre-se em pensamentos positivos, Cristina. Seu negócio está finalmente decolando."

"Espero que sim. Quero dizer, US $ 100 por dia para duas refeições? Mesmo se eu disser adeus na próxima semana, ainda ficarei feliz em ganhar tanto dinheiro."

"Eu não me importaria com isso."

"Que queres dizer?" Cristina perguntou.

"Aparentemente, Paul tem boas reservas financeiras."

"Eu percebi. A casa dele era como um museu."

"Aí está você. Você não precisa se preocupar com suas finanças acabando. Apenas mantenha-o feliz com boa comida, ótimo serviço e não se atrase."

"O que você sabe sobre esse cara?" Cristina perguntou em um tom mais sério. "Parece meio estranho, não é?"

Sua mãe pensou por um momento.

"De alguma forma. Eu só o conheci uma vez em uma festa. Ele é um cara muito inteligente. Sem bobagem. Direto."

"É definitivamente ele", brincou Cristina.

"Mas não o subestime. Aparentemente, ele é um amor para as damas."

"De verdade?"

"Foi o que eu ouvi. Certifique-se de ficar longe de seu charme irresistível", ele brincou.

"Muito engraçado", respondeu Cristina. "No entanto, ele definitivamente não é o meu tipo. Muito velho. E muito chato."

"Estou feliz que seu negócio esteja começando muito bem."

"Já veremos."

"Concentre-se em pensamentos positivos, Cristina."

CAPÍTULO 4

Semanas se passaram.

Cristina já havia preparado dezenas de refeições para Paul.

E ela ganhou milhares de dólares durante esse tempo.

A rotina diária era sempre a mesma.

Levantar cedo de manhã.

Cozinhar.

Coloque tudo cuidadosamente em recipientes.

Leve-o para a casa de Paul antes das 11:30 da manhã.

Nunca se atrase.

E nunca desobedeça.

Um dia, Cristina foi convidada a preparar o almoço, que ela trouxera, em um prato na cozinha.

Então ela fez isso.

Foi a primeira vez que ela fez as tarefas na cozinha de Paul.

Ela estava orgulhosa de sua comida.

Ela sabia que tinha um gosto bom, mesmo que Paul nunca a tivesse parabenizado.

Ele desceu as escadas com roupas casuais.

Como sempre, seu rosto estava quase inexpressivo.

Ele olhou para a comida apresentada na mesa da sala de jantar e não se deu ao trabalho de comentar.

"Eu devo ir agora?" Cristina perguntou sem jeito.

"Fique um momento. Há algo que quero lhe perguntar."

"OK."

Paul sentou-se à mesa da sala de jantar enquanto Cristina continuava de pé.

"Quais outros serviços você oferece?" Eu pergunto. "Além de cozinhar."

Cristina ficou surpresa e ficou firme.

Ele se preparou para mais insinuações.

Eu estava preparado para assédio sexual.

"Eu ofereço refeições honestas. Eu cozinho refeições gourmet. Isso é tudo. Se você estiver procurando por outros serviços, sugiro que procure em outro lugar."

"E por que isto?" ele perguntou severamente.

"Honestamente, você não é meu tipo."

"Você também não é do meu tipo."

Ela ficou ainda mais ofendida.

"Olha, acho que nosso acordo está funcionando bem. Vamos continuar assim. Qualquer outra coisa não vai funcionar."

"Você acha que estou pedindo favores sexuais?" Eu pergunto.

Cristina congelou.

"Não é assim?"

"Não acredito."

O rosto dela ficou vermelho como beterraba.

"Oh, desculpe senhor."

"Esqueça", ele respondeu. "Estou perguntando isso, porque minha empregada vai se aposentar em breve. Se você tiver tempo extra, talvez possa me ajudar com minhas tarefas de limpeza."

"O que devo fazer?"

"Nada difícil. Limpe a louça. Mantenha tudo limpo."

"Vou ter que pensar sobre isso."

"Você será bem compensado, é claro", respondeu ele. "E não se preocupe, eu não vou pedir sexo. Você não é do meu tipo."

Ela corou novamente.

"Sinto muito por antes. Mas vou considerar. Por que não?"

Observe a oferta. Meu trabalho está ocorrendo sem problemas e eu gostaria de receber ajuda com a manutenção em casa ".

"Você não sai muito, não é?"

"Eu já viajei pelo mundo e vi tudo", respondeu ele. "Nesta parte da minha vida, concentro-me na escrita. Às vezes saio. Ainda gosto de me exercitar. Mas não quero me preocupar com manutenção em casa. Você parece uma jovem capaz, por isso ofereço trabalho extra."

Cristina acenou com a cabeça.

"Isso é muito generoso da sua parte."

"Com o dinheiro extra, você pode comprar um guarda-roupa novo e um carro novo".

Ela ficou um pouco irritada com esse comentário.

"Entendi. Preciso de dinheiro. Você não precisa esfregar."

"Eu não estava tentando fazer isso."

"Tudo bem. Eu vou. Vou fazer algumas tarefas de limpeza adicionais para você."

"Excelente", ele respondeu com um sorriso raro. "Vamos discutir o assunto mais tarde."

Ela foi até Paul e estendeu a mão para um aperto de mão.

Paul levantou-se como um cavaleiro e apertou a mão dele.

O acordo foi fechado.

SEGUNDA PARTE
A PORTA FECHADA

24

CAPÍTULO 5

Cristina conseguiu encontrar outros clientes para pequenos trabalhos.

Mas a maior parte de seu trabalho foi feita para Paul.

Ela preparava suas refeições todos os dias da semana.

Com o tempo, ela começou a trabalhar mais para ele.

Ela fez pequenos trabalhos de limpeza por algum dinheiro extra.

Cristina sempre fora uma pessoa desorganizada para as tarefas domésticas, tornando irônico que ela estava fazendo tarefas domésticas para outra pessoa.

Mas o dinheiro era bom, então ele não se importou.

Os pratos tinham que ser limpos e arrumados de uma certa maneira.

O Windows tinha que estar impecável.

Os móveis tinham que estar livres de poeira.

Paul limpou o chão ele mesmo.

Paulo era uma pessoa muito particular.

E esses traços deixavam Cristina louca às vezes.

Mas o dinheiro foi bom.

De certa forma, Cristina estava orgulhosa de ajudar Paul.

De alguma maneira estranha, parecia que ele estava ajudando Paul a alcançar seu objetivo de poder escrever seus livros.

Ela se importava com ele como pessoa.

CAPÍTULO 6

A mesa da sala de jantar estava arrumada.

O almoço foi preparado.

Cristina olhou para o prato e admirou seu belo trabalho.

A escola de culinária valia a pena.

Ele mal podia esperar para Paul experimentá-lo, mesmo que Paul nunca o elogiasse.

Paul estava extraordinariamente atrasado para o almoço.

Ele nunca estava atrasado.

A porta do andar de cima estava ligeiramente aberta e Cristina ouviu o teclado ser usado furiosamente.

Ela sabia que ele ainda estava ocupado.

Ela caminhou até as escadas e pensou se deveria ligar para ele ou não.

Ela não queria interromper seu trabalho.

Mas ela sabia que Paul era um homem que precisava de ordem.

Talvez ele tenha perdido a noção do tempo?

Então ela viu.

Perto da escada, a porta estava aberta, ligeiramente aberta.

Era uma sala que Paul havia dito que era proibida.

Paul queria que eu limpasse todos os quartos, exceto aquele quarto.

A curiosidade de Cristina aumentou.

Eu ainda ouvi Paul escrevendo lá em cima.

Ela queria dar uma olhada na sala secreta.

Eu queria conhecer os pequenos segredos de Paul, por menor que fosse.

Ela estava interessada nele.

Ela estava interessada no homem que servia há semanas.

Ele deu alguns passos silenciosos em direção à porta.

Ela enfiou a cabeça dentro.

O quarto estava escuro.

Ele ligou o interruptor e a sala estava bem iluminada.

Para surpresa de Cristina, o quarto era o lugar menos elegante da casa.

Mas todos pareciam antiguidades.

Ele entrou e olhou em volta.

Havia uma variedade de dispositivos de madeira e metal.

Os desenhos pareciam ser da época medieval.

Os aparelhos pareciam grandes o suficiente para uma pessoa se sentar ou deitar.

Vários chicotes e correntes estavam pendurados na parede.

Havia muitas cordas em uma mesa próxima.

Cristina usou o dedo para tocar um dispositivo de metal.

Ela passou o dedo e olhou para ele.

A ponta do dedo estava coberta por uma fina camada de poeira.

A sala não era usada há muito tempo.

"Você não deveria estar aqui", disse Paul por trás.

Cristina foi pega de surpresa pelo som de sua voz e pulou.

Ela se virou e viu Paul parado na porta.

"Oh sinto muito."

"Eu não disse que esta sala está fora da sua lição de casa?" ele perguntou, casualmente entrando.

"Eu sei. Mas estava aberto e fiquei curioso. Pensei que talvez você quisesse que eu limpasse."

"Não. Eu estava planejando limpá-lo depois."

Cristina engoliu em seco.

"Sua comida está pronta. Está começando a esfriar."

"Pode esperar", respondeu ele, entrando na sala para olhar os dispositivos. "Você deve se perguntar do que se trata."

"Parece uma câmara de tortura medieval."

"Você está quase certo. Algumas dessas coisas foram construídas séculos atrás durante os tempos medievais. Mas não necessariamente para tortura."

"Então para quê?"

"Prazer. Prazer sexual", ela respondeu sem rodeios.

Cristina ficou surpresa.

"Não consigo imaginar como. Essas coisas parecem tão dolorosas."

"Esse é o ponto."

"Então eles são dispositivos de escravidão, basicamente?"

Ele assentiu.

"Esses fetiches existem há séculos. Você acredita que esses dispositivos foram construídos para famílias reais e nobreza?"

"Isso não me surpreenderia. A maioria das pessoas ricas é um pouco depravada."

Ele levantou uma sobrancelha.

"Isso me inclui?"

"Oh não, eu não quis dizer você", ela se afastou rapidamente.

"Eu estava apenas brincando."

Cristina relaxou.

"Claro. Então, por que todas essas coisas estão trancadas nesta sala? Por que você não as vende para um museu ou algo assim?"

"Talvez um dia. Mas, por enquanto, estou escrevendo sobre eles em meu livro. Também estava planejando tirar fotos deles. É por isso que a sala estava aberta."

"Seu livro deve ser interessante."

"Espero que sim", respondeu ele. "Eu tenho escrito sobre sexo. O tipo de dominação e escravidão sexual."

Cristina levantou as sobrancelhas.

"Sério? Você não parece o tipo de homem para esse tipo de coisa."

"Então, que tipo de garoto eu pareço?"

"Eu não sei. Squishy. Morango. Sem ofensa."

"Sem ofensa", ele respondeu. "Ele era uma pessoa muito diferente anos atrás. Eu nem sempre fui tão isolado."

"O que mudou?"

Paul esfregou os dedos contra um dispositivo de metal.

"É uma longa história. Você pode ler meu livro quando eu terminar de escrevê-lo."

"Bem, estou ansioso por isso. Parece que você tem algumas histórias interessantes para contar."

"Você sabe o que é um mestre?" Eu pergunto.

"Apenas o básico", ele deu de ombros. "Um cara que comanda mulheres. Chicotes. Correntes. Apanhando. Esse tipo de coisa, certo?"

"Mais ou menos. Sou mestre de muitas mulheres submissas. Mulheres bonitas com desejos sombrios."

"Você bateu neles?" ela perguntou curiosamente.

"As vezes."

"E esses dispositivos?" ela perguntou. "Você já os usou em seus escravos?"

"Ocasionalmente. Mas os métodos não são importantes. Não se trata de palmadas ou dispositivos. Trata-se de rendição. Eles me dão seus corpos. E eu faço o que quiser com eles. No final, o prazer é mútuo."

Cristina ficou em silêncio por um momento.

Ele olhou Paul bem nos olhos e sabia que cada palavra que ele estava dizendo era verdadeira.

Ela sabia que era algo com o qual Paul tinha experiência.

Ela sabia que era algo que Paul desejava fazer novamente.

"Sua comida está esfriando", disse ele.

"É com isso que você se importa?"

Ela congelou por um momento.

"Bem, catering é para isso que você me contratou, certo?"

"Você é uma garota inteligente", disse ele com um leve sorriso. "Você está começando a gostar de mim."

Paul se aproximou e deu um tapinha amigável no ombro de Cristina.

Então ela se virou e saiu da sala enquanto Cristina estava confusa com o encontro desconfortável.

Ela o seguiu até a sala de jantar e o observou comer.

CAPÍTULO 7

Mais tarde naquela mesma noite.

Era o telefonema que Cristina temia que ocorresse nos últimos meses.

"Quão?!" Cristina perguntou.

"Finalmente chegou a hora", respondeu a mãe. "Seu pai e eu não vamos mais apoiá-lo financeiramente. Sentimos que você tem idade suficiente para se defender."

"Você percebe que morar na cidade é caro, certo?"

"Querida, ninguém te obriga a morar na cidade. Você sempre pode ir para casa e encontrar algo mais barato para morar."

"Não, obrigado", suspirou Cristina.

"Eu não sei por que você está agindo tão surpreso. Eu tenho notado você nos últimos meses. Quando eu tinha a sua idade, eu ..."

"Os tempos mudaram mãe. Você viu as notícias? Essa situação econômica é difícil. O custo de vida é louco"

"Mas o seu negócio está decolando", respondeu a mãe.

"Apenas."

"Você precisa ser um pouco mais experiente em negócios se quiser ter sucesso. Existem tantos clientes em potencial na cidade. Tudo o que você precisa fazer é encontrá-los. Você é um ótimo cozinheiro e uma boa pessoa. Tenho fé em você, Cristina."

"Sim, você está certo. Eu estava pensando em entrar em contato com várias empresas para ver se elas precisam atender a festas".

"Esse é o espírito empreendedor", respondeu a mãe com orgulho.

"Se a vida fosse tão fácil."

"As coisas boas acontecem quando você é persistente. Falando nisso, você ainda está trabalhando com Paul? Como está indo?"

"Está indo bem", disse Cristina vagamente.

"Bem? Isso é tudo? Algum detalhe interessante?"

"Na verdade não. Eu cozinho para ele cinco dias por semana. Ele me paga muito dinheiro pelo serviço que presto. Ele é um tipo estranho."

"Olha quem está falando", brincou sua mãe.

"Engraçado."

"Estou só brincando. Você está certa. Paul parece um pouco distante. Mas ele é um cara esperto."

"Ele é definitivamente uma pessoa interessante", respondeu Cristina. "E ele me mantém empregado. Então não posso reclamar."

"Você também não deve fazer isso. Se você deseja que sua empresa cresça, sempre deve satisfazer seus clientes. Isso sempre funcionou para mim."

Cristina parou por um momento.

"Você sabe, você acabou de me dar uma idéia."

"Não tenho certeza se gosto de como isso soa."

"Obrigada mãe. Você é a melhor."

"Bem, cuide-se, Cristina. Eu estou sempre apoiando você. Eu amo você."

"Eu também te amo mãe."

Após o término da ligação, Cristina teve um forte senso de resolução.

Ela estava determinada a ter sucesso sem a ajuda de seus pais.

CAPÍTULO 8

No dia seguinte.

Cristina esperou atentamente enquanto Paul almoçava.

Ela limpou a cozinha e fez algumas tarefas domésticas para ele.

Quando Paul terminou de comer, ela voltou para a sala de jantar e tirou o prato dele.

Antes que Paul tivesse a chance de sair, ela ficou em frente à mesa da sala de jantar em uma postura respeitosa.

"Estou pensando", disse Cristina com as mãos postas. "Esse arranjo realmente funcionou bem. Eu tenho tomado conta da maioria das suas refeições e tarefas domésticas, e assim você pode se concentrar no seu trabalho."

Paul se inclinou para trás, sabendo que uma proposta estava chegando.

"Eu concordo. Isso tem funcionado bem. Melhor do que eu esperava."

"Então, como você se sentiria se eu quisesse expandir minhas tarefas aqui? Por dinheiro extra, é claro."

"Você já está fazendo mais do que eu preciso. E já estou pagando um salário extremamente generoso."

"Eu aprecio isso", disse Cristina educadamente. "Mas você se beneficiaria mais se eu fizesse mais por você. O toque de uma mulher é sempre útil para um único homem."

Paul pensou por um momento.

"É um ponto interessante. Continua."

"Tenho certeza de que há muitas outras coisas que eu poderia fazer por você."

"Como que?"

Cristina ficou pensativa por um momento.

"Bem, isso é com você. Talvez eu possa limpar esses dispositivos na sala trancada. Essa sala estava empoeirada. Eu poderia fazer um trabalho de limpeza extra. E talvez eu pudesse fazer uma festa para você."

"Por que de repente você está tão interessado em mais dinheiro?" Paul perguntou.

"Eu acho que você poderia tirar vantagem do toque de uma mulher. Pense em todas as festas que você poderia dar. As pessoas adorariam comida. Sua vida social seria ótima."

"Diga-me a verdade. Por que você precisa de dinheiro extra?"

Cristina parou por um segundo.

"Meus pais não vão me dar mais dinheiro. E o aluguel nesta cidade é esmagador. Se houver mais alguma coisa que você precise que eu faça por aqui, eu ficaria feliz em fazê-lo."

Paul assentiu com simpatia.

"Eu gosto de você como pessoa, Cristina. Você trabalha duro e se diverte fazendo isso. Mas não vou lhe dar dinheiro de graça, especialmente quando já estou pagando generosamente."

"Eu entendo", respondeu Cristina, tentando conter sua tristeza. "Obrigado por ouvir de qualquer maneira. Volto amanhã."

"Ainda não cheguei ao meu ponto final", acrescentou. "Vou tentar pensar em algo. Algo adequado às suas habilidades e atributos. Quando eu encontrar algo, eu o informarei e você será recompensado por isso. Parece justo?"

Ela sorriu.

"Parece ótimo".

CAPÍTULO 9

Os dias foram passando.

Paulo nunca fez uma oferta.

Cristina nunca perguntou a ele por que ele não queria ser um incômodo.

Ela preparou o almoço de Paul como fazia normalmente.

Paul desceu as escadas para a sala de jantar mais cedo do que o habitual.

Ele se sentou e esperou enquanto Cristina ainda estava preparando tudo.

"Parece bom", disse ele quando Cristina trouxe o prato de comida.

Realmente pareceu um momento estranho para ele parabenizá-la.

"Obrigado. É cordeiro assado com um enfeite de legumes cozidos."

Paul sentou-se ao lado dele.

"Sente-se. Há algo que eu quero discutir com você."

Cristina sentou-se e esperou o que ela tinha a dizer.

"Pensei no seu pedido de mais trabalho", disse ele. "Especialmente sobre a necessidade de um toque feminino por aqui. Enfim, eu vou direto ao ponto, eu poderia usar um pouco de sua inspiração para a minha escrita."

"Inspiração? Como é isso?"

"Talvez você possa posar para mim. Ultimamente, tenho lutado com o bloqueio de escritor e isso pode me ajudar um pouco a assistir."

Cristina deu uma expressão apreensiva.

"Tem certeza de que não quer que eu faça uma festa para você ou algo assim? Isso provavelmente funcionará melhor."

"Não estou interessado em dar uma festa", respondeu ele, recostando-se na cadeira. "Desculpe, eu só perguntei. Foi inapropriado."

Ela pensou por um momento.

"Quanto dinheiro você ofereceria?"

"Tudo depende."

"Do?"

"Do trabalho que você fará", disse ele. "Eu nunca contratei uma modelo antes. Mas eu sei que isso ajudaria na minha escrita."

"Oh, bem, eu vou manter isso em mente."

"Não faça isso. Foi um erro perguntar. Se você não se importa, eu gostaria de comer agora. Tenho outras coisas para fazer depois."

"O farei!" Cristina estalou.

"Do que?"

"O trabalho de modelagem que você me ofereceu. Ninguém saberá, certo? Permanece estritamente entre nós, certo?"

"Está certo", ele concordou. "Não haverá registro disso. Eu só preciso de inspiração."

"Estou interessada."

Paul deu um leve suspiro.

"Eu não acho que você entenda. Fui levada às pressas para a minha oferta. Não acho que meus gostos sejam para você."

"Porque não?"

"Porque você parecia muito desconfortável na sala de dominação."

Cristina ficou um pouco confusa.

De repente, ela percebeu que Paul estava procurando inspiração para suas histórias de dominação.

Mas, independentemente disso, ele pensou em dinheiro.

"Eu posso aprender a me sentir confortável com isso", ela respondeu. "Apenas me dê tempo. Contanto que ninguém saiba, eu ficarei bem."

Paul lançou-lhe um olhar longo e cético.

"Como desejar. Informe-se aqui amanhã às oito e meia da manhã. Nós vamos descobrir as coisas depois."

"Obrigado."

Cristina se levantou e estendeu a mão para um aperto de mão.

Paul estendeu a mão e a sacudiu.

CAPÍTULO 10

Mais tarde naquela mesma noite.

Cristina estava na cozinha preparando as refeições para o dia seguinte.

Ela sabia que não teria tempo para fazê-lo no dia seguinte, já que Paul esperava que ela estivesse lá às oito e meia da manhã.

Depois que tudo estava pronto, Cristina se olhou no espelho.

Ele se perguntou se ela era bonita o suficiente para ser modelo de Paul.

Ele se perguntou que surpresas haveria na sala.

Se seria doce ou não.

E ele se perguntou quanto dinheiro estávamos falando.

Paul sempre foi generoso com pagamentos financeiros.

Acima de tudo, ela se perguntava quanta dominação Paul queria ver.

O lado racional de Cristina controlava a situação: o dinheiro é bom.

E ninguém nunca saberá.

Meu pequeno segredo com Paul.

Ela se despiu e experimentou algumas roupas bonitas em frente ao espelho do quarto.

Finalmente, ela decidiu usar um vestido amarelo simples.

Não foi tão revelador.

E ele também não era muito pudico.

Era o meio certo.

Ela escovou os cabelos e pensou em quanta maquiagem usar.

Então ela decidiu não fazê-lo.

Isso tornaria a situação muito desconfortável.

Tudo foi arranjado.

Ela estava pronta para o trabalho.

CAPÍTULO 11

Na manhã do dia seguinte.

Cristina apareceu na casa de Paul às oito e quinze.

Ela queria ter certeza de que estava preparada com antecedência.

Ela estava usando seu vestido amarelo.

Seu cabelo estava bem arrumado e seu rosto estava sem maquiagem.

Ela já era naturalmente bonita.

Depois que Cristina colocou os recipientes de comida dentro da geladeira na cozinha, eles se sentaram juntos na sala privada, sobre os utensílios de madeira.

"Que tem em mente?" Cristina perguntou.

"Depende. Quais são seus limites?"

Cristina encolheu os ombros.

"Eu não sei. Eu nunca fiz esse tipo de coisa antes."

"Então acho que é melhor descobrirmos."

Os olhos de Cristina examinaram brevemente a sala novamente.

Era o quarto mais insosso da casa.

As paredes eram lisas.

Mas havia dispositivos antigos de vários tamanhos e formas.

Todos pareciam tão intimidadores.

"Vou manter a mente aberta", disse ele. "Mas eu não gosto de dor. E não quero que você me empurre muito rápido. Não há necessidade de se apressar. Ok?"

Ele assentiu.

"Obrigado por ser claro. Você deve saber que eu sou um homem muito paciente. Eu faço isso há muitos anos com inúmeras mulheres submissas. Eu nunca pressiono mais, a menos que ela esteja pronta."

Essas palavras enviaram um sentimento estranho para a coluna de Cristina.

Eu não conseguia parar de pensar na frase "mulheres submissas".

Em um momento, ela percebeu que poderia muito bem estar na mesma posição que aquelas 'mulheres submissas'.

"Tudo bem", ela concordou. "Obrigado. Então, como devemos começar?"

Paul levantou-se e caminhou lentamente pela sala, olhando para cada um dos dispositivos enquanto Cristina se sentava em uma posição recatada.

Ele olhava cada dispositivo de tal maneira que deixava Cristina nervosa.

"Você já foi amarrado antes?" Paul perguntou.

Cristina balançou a cabeça.

"Obviamente não."

"Você gostaria de ser?"

"Não sei."

Ele apontou para a mesa de madeira.

"Por que nao tentar?"

"Eu não sei", ela encolheu os ombros nervosamente.

"Isso é demais para você? Eu preciso ver algo para me inspirar. Observá-lo sentado lá não vai me ajudar muito."

Cristina levantou-se devagar e respirou fundo.

"Eu farei o que você quer."

"Você tem certeza? Cristina, eu não quero que você faça algo com o qual não se sinta confortável. Posso encontrar outras maneiras de pagar você."

Ela respirou fundo outra vez.

"Não, tenho certeza. Chegamos a um acordo para modelar, e pretendo seguir em frente."

"Você tem certeza?"

"Sim, totalmente."

"Então deite-se", disse Paul, apontando para a mesa de madeira.

A mesa parecia dolorosamente desconfortável.

Parecia velho e rústico.

Mas era baixo o suficiente para que uma pessoa pudesse mentir facilmente.

Havia velhas barras de metal em cada lado da mesa, o que dava a Cristina uma sensação desconfortável.

Colocando seus sentimentos de lado, ela se recostou na mesa.

Era doloroso e desconfortável como ela esperava.

Eu estava convencido de que a mesa foi projetada para tortura, não para prazer.

Ele se perguntou como alguém poderia ter prazer em uma coisa dessas.

Ele se deitou no centro da mesa e olhou diretamente para o teto.

"Eu vou amarrar seus pulsos", disse ele, de pé em sua cabeça.

Ela ficou em silêncio por um momento enquanto olhava para a figura de Paul em pé acima dela.

"Tudo bem", ela respondeu, levantando os pulsos. "Adiante."

Paul gentilmente pegou seus pulsos e os levou até a barra de metal em cima da mesa.

O bar estava frio como ela esperava.

A textura contra sua pele não era muito suave, o que era um sinal de que a barra foi fabricada há muito tempo, antes das máquinas modernas.

Ela o sentiu amarrar os pulsos ao bar com uma corda grossa.

Cristina não se deu ao trabalho de olhar.

Ela manteve os olhos no teto.

"Isso machuca?" Eu pergunto.

"Não estou bem."

Seus passos foram ouvidos do outro lado da sala.

Cristina não se incomodou em olhar para Paul.

Mas ela se perguntou o que Paul estava pensando.

Vê-la em um vestido bonito, com os pulsos amarrados, deve ser emocionante para Paul, ele pensou.

"Diga-me novamente", disse ele. "Qual é o seu limite?"

Ela engoliu em seco.

"Só não me machuque."

"Posso abrir seu vestido?" ela perguntou com uma voz suave.

"Não Isso não."

"Então eu suponho que você tenha outros limites", ele respondeu com um leve senso de diversão.

"Eu suponho."

"Posso te tocar?" Eu pergunto. "Está perfeitamente bem se você recusar. Mas desde que chegamos até aqui, você certamente parece atraente."

"Se você quiser", ela respondeu timidamente.

"Não é sobre o que eu quero. É sobre o que você se sente confortável."

Ele lutou com seus pensamentos por um momento.

"Estou confortável com isso. Ok. Vá em frente, se quiser. Quero dizer, estou confortável com isso."

"Você tem certeza, Cristina? Eu não quero pressioná-lo se você não estiver confortável."

"Desde que você saiba ..."

"Contanto que o compense financeiramente?" ele perguntou, meio divertido.

Seu tom e fraseado fizeram Cristina se sentir ainda mais desconfortável.

"Sim", ela respondeu.

"Você não precisa se preocupar com isso".

Cristina esperava mais algumas piadas sarcásticas em resposta, mas Paul terminou de falar.

Ele caminhou em sua direção enquanto continuava deitado na mesa.

Cristina o viu olhando para o corpo dele.

Eu estava claramente nervoso.

Ela não sabia o que ele estava planejando.

Os olhos dele se deleitaram e vagaram pelo corpo dela.

Finalmente, ele se decidiu.

E ele fez a sua jogada.

Paul se abaixou e tocou o joelho de Cristina.

Foi um toque repentino que a pegou de surpresa.

Ela estremeceu.

"Você está bem, Cristina?"

"Estou bem. Só não esperava isso."

Ele deslizou a mão pela coxa dela.

A mão dela deslizou mais fundo até ficar debaixo da saia amarela.

Cristina estava desconfortável, mas também a fez formigar entre as pernas.

Seus olhos continuaram focados no teto.

"Você se importa se continuarmos mais?" Eu pergunto. "Nós já chegamos até aqui."

"Vá em frente. Eu não me importo."

"Você tem certeza?"

"Tenho certeza."

Paul levantou a saia de Cristina e a empurrou para cima.

Sua calcinha estava exposta.

Paul enfiou a mão sob a calcinha de Cristina.

Naturalmente, ela se encolheu de novo, mas se conteve.

A mão de Paul esfregou sua virilha.

O corpo e os pés de Cristina ficaram tensos.

"Você precisa relaxar", disse Paul. "Caso contrário, isso não fará muito bem."

"OK."

Cristina fez o possível para relaxar o corpo.

Seus olhos permaneceram no teto.

Ela estava com vergonha de olhar para Paul.

Ela simplesmente permitiu que ele acariciasse sua virilha.

Ela engasgou quando Paul brincou com seu clitóris.

Foi uma jogada que eu não esperava.

Seu instinto natural era alcançar e puxar a mão de Paul, então se cobrir e depois dar um tapa na cara de Paul, mas as cordas ao redor de seus pulsos estavam apertadas.

Ela deu um puxão gentil, mas sem sucesso.

"Você está tentando sair?" Paul perguntou. "Se você quiser sair, apenas me diga e eu vou desamarrar você imediatamente."

"Desculpe. Foi uma reação instintiva."

"Bem, não reaja assim. Essa não é a reação que eu quero."

"Está tudo bem, me desculpe."

Os dedos de Paul se moveram em um furioso movimento circular sobre o clitóris inchado.

Cristina não teve escolha senão ofegar.

Ela ficou surpresa demais para conter seus sentimentos.

Os dedos não pararam.

Foi um prazer agradável.

Ela fechou os olhos e apreciou o prazer de Paul.

Foi uma sensação de formigamento que fluiu através de seu corpo.

"Eu posso dizer que você está perto", disse ele. "Relaxe. Está quase acabando."

Com os olhos ainda fechados, Cristina se permitiu apreciar os dedos de Paul enquanto eles se deliciavam em seu delicado clitóris.

Momentos se passaram antes que os dedos de Cristina endurecessem.

Ruídos ofegantes escaparam de seus lábios.

Os olhos dele se apertaram.

Seus músculos se contraíram.

Foi um orgasmo bem merecido por todas as tensões em sua vida.

Finalmente, seu corpo relaxou e Paul retirou a mão da calcinha.

Ele moveu o vestido de volta à sua posição correta.

Ele deu um tapinha na coxa de Cristina, como se tivesse feito algo certo.

"Você certamente gostou", disse Paul quando começou a desamarrar os pulsos.

Cristina sentiu-se liberada.

Ela se endireitou e esfregou os pulsos, que estavam levemente vermelhos e doloridos da corda.

O sentimento orgásmico ajudou a combater a dor.

"Eu gostei", ela respondeu. "Foi legal. Muito legal. Deus, eu não me sinto assim há muito tempo. Quero dizer, não tão bom quanto você."

"Estou feliz que você tenha gostado. Ele trouxe tantas lembranças, o que me ajudará com a minha escrita. Você foi uma pequena inspiração maravilhosa para mim."

"Estou sempre feliz por estar ao seu serviço."

"Excelente", ele concordou. "Certificarei-me de adicionar um bônus ao seu cheque no final do mês. Acho que você ganhou US $ 5.000 adicionais por isso."

Surpreendentemente, Cristina sentiu uma vergonha.

Ela sabia que Paul tinha boas intenções.

Ele apreciou os cinco mil adicionais, o que era muito mais do que ele esperava.

Mas um sentimento de culpa tomou conta dela, como se ela tivesse acabado de vender seu corpo e sexualidade por dinheiro fácil.

Isso a fez se sentir impura e suja.

"Eu não sou uma prostituta", ele deixou escapar, e então se arrependeu instantaneamente.

"Eu nunca disse que você era."

"Desculpe", ela respondeu. "Realmente aprecio tudo. Mas nunca usei meu corpo assim, sabe, para ganhar dinheiro."

Paul balançou a cabeça, decepcionado consigo mesmo.

"Não se desculpe. Isso é culpa minha. Fui apressado com você. Eu não deveria ter pedido para você modelar para mim."

Cristina se levantou e ajeitou o vestido.

"Eu gostei", disse ele. "Eu realmente fiz. Mas foi meio estranho para mim. Talvez possamos fazer isso outra vez na próxima vez? Só um pouco mais devagar."

"Acho que não. Claramente não é para você."

Cristina deu um olhar tímido enquanto a sensação de orgasmo ainda fluía através de seu corpo.

"Vou preparar o seu almoço agora", disse ele.

"Eu posso fazer isso sozinho. Você pode ir."

Ela assentiu obedientemente.

"Estou feliz que fizemos isso."

"Eu também", ele respondeu. "Mas nunca devemos fazer isso de novo. Vejo você na segunda-feira."

Cristina assentiu, sabendo que Paul já havia tomado uma decisão firme.

Agora havia um sutil desconforto entre eles.

Depois de trocar mais algumas palavras, ela se perguntou o que Paul estava pensando dela.

TERCEIRA PARTE
O NOVO TRABALHO

47

CAPÍTULO 12

Mais tarde naquela mesma noite.

Cristina sentou-se em seu computador e procurou maneiras de solicitar novos clientes.

Ele enviou pelo menos uma dúzia de e-mails para diferentes empresas para promover seu negócio de catering.

Eu não esperava muita resposta, mas valeu a pena tentar e não tinha nada a perder.

O telefone tocou.

Foi sua mãe quem ligou para verificar novamente.

Eles conversaram normalmente e não havia muito o que dizer.

"Administrar meu próprio negócio é difícil", lamentou Cristina.

"Você esperava que fosse fácil?"

"Não sei o que estava esperando. Não me importo de trabalhar duro. Adoro cozinhar para outras pessoas. Mas, Deus, preciso de mais clientes".

"Na minha experiência, os negócios são quem você conhece", respondeu sua mãe. "Muitas empresas vêm de conexões pessoais. Então, vá lá e tente conhecer novas pessoas em vez de pesquisar on-line".

"Faz sentido, eu acho."

"Suponho? Quando estou errado?"

"Não sei."

"Não pareça tão deprimido, Cristina", disse a mãe. "Muitas pessoas lutam com um novo negócio. Continue tentando."

"Obrigado Mãe."

"Como vão as coisas com Paul? Ele ainda te paga generosamente?"

"É complicado", suspirou Cristina. "Mas sim, ele ainda paga bem."

"Ele parece um cara complicado."

"Você nem conhece a metade."

Houve uma pausa no telefone.

"Ele tentou algo com você?" sua mãe perguntou cautelosamente.

Cristina se apressou a mentir.

"De jeito nenhum. Claro que não."

"Você pode me dizer a verdade. Estou aqui para você."

"Mãe, ele não é o meu tipo. Se eu fizesse uma jogada, eu o acertaria na cabeça com o que ele cozinhava naquele dia."

"Isso soa como o espírito da Cristina que eu conheço", sua mãe riu.

"Hipoteticamente falando, e se eu fizesse? Quero dizer, como você se sentiria sobre isso?"

"Se Paul fez uma jogada?"

"Sim", respondeu Cristina. "Como você se sentiria?"

Houve outra pausa na linha.

"Eu acho que depende de você. Se ele te convidou para sair, a decisão é sua."

"De verdade?"

"Essa é sua decisão, Cristina. Mas se ele tentar tocar sua bunda na cozinha, sugiro que você jogue um pouco do seu famoso molho picante na cabeça dele."

"Claro que sim", respondeu Cristina com uma voz sarcástica.

"Parece que você tem algo em mente."

"Não mais. Obrigada mãe, você é a melhor. Eu tenho que deixar você."

"Eu te amo adeus."

"Eu também te amo mãe."

A ligação terminou e Cristina recostou-se na cadeira.

Ela pensou em Paul e no orgasmo que recebeu naquele dia.

Ele ainda se lembrava vividamente dos sentimentos.

Todo toque, toda emoção.

A sensação da madeira dura contra o seu corpo.

A sensação da mão de Paul contra sua vagina.

E, acima de tudo, orgasmo.

Dominar nunca foi coisa dele, mas me senti bem.

Ele pesquisou online e procurou por termos diferentes.

Isso a fez se sentir como uma estudante universitária novamente enquanto fazia pesquisas.

Ele fez várias pesquisas sobre a escravidão e seus prazeres.

Ela olhou para várias imagens.

Isso a excitou novamente e ela deslizou a mão pela calcinha.

CAPÍTULO 13

Na segunda pela manhã.

Cristina fez um esforço para parecer bem quando foi à casa de Paul.

Ela estava usando um vestido azul e seu cabelo estava bem arrumado.

Paul não prestou muita atenção à aparência dela quando abriu a porta para deixá-la entrar.

"Podemos falar?" Cristina perguntou. "Sobre negócios, quero dizer."

"Claro."

"Ótimo. Espere."

Cristina colocou a comida na cozinha e foi para a espaçosa sala de estar onde Paul estava sentado.

Ela sentou em frente a ele.

"Eu tenho pensado muito no fim de semana", disse ele. "Sobre o nosso relacionamento".

"Eu também", disse ele, não deixando que ela terminasse seus pensamentos. "Acho que deveríamos terminar isso. Está claro para mim que nosso relacionamento comercial foi comprometido. Eu já comecei a procurar um substituto para as necessidades da minha casa".

Cristina congelou por um momento enquanto as notícias lentamente caíam sobre ela.

"O quê? Não. Não era isso que eu queria."

"Acho que é o melhor", respondeu ele. "Você é uma jovem brilhante. Você encontrará seu lugar neste mundo."

O olhar atordoado permaneceu em seu rosto. "

Não era isso que eu esperava ouvir. Eu pensei que nossa conversa seria muito diferente. "

"O que você esperava?"

"Vim aqui para lhe dizer que estava interessado em continuar o que fizemos na última sexta-feira".

Ele levantou uma sobrancelha.

"Sério? E por que você quer isso?"

"Eu realmente tenho que dizer isso?"

"Sim."

Ela respirou fundo.

"Obviamente, gosto de trabalhar aqui. Gosto dos benefícios. Acho que você é um ótimo chefe, o melhor que eu poderia ter. E o que fizemos na semana passada, na sala, gostei muito. Acho que fiquei com medo no começo, mas pensei muito , e eu não me importaria se continuássemos ".

"Interessante."

"Assim você acha?" ela perguntou.

"Você não é tão tímido quanto eu pensava. Eu nunca esperaria que você viesse me contar essas coisas diretamente. Estou impressionado."

Ela sorriu, "obrigada".

"O que deve acontecer a seguir?"

"Eu não sei", ele deu de ombros sem jeito. "Isso é com você. Mas eu gostaria que nosso relacionamento comercial continuasse."

"Seja corajosa, Cristina. Diga-me o que acontece a seguir. Neste exato minuto. Quero saber o que você tem em mente. Surpreenda-me."

Ela reuniu coragem e deu a Paul um olhar determinado.

Os lábios dela se apertaram e o nariz estreitou um pouco.

Seus olhos estavam fixos em Paul, que era estóico, esperando que ela fizesse algo ousado.

Cristina se levantou e escovou o vestido com as mãos.

Os dedos dela envolveram as alças do vestido.

Ela puxou as alças para o lado e moveu o corpo, permitindo que o vestido caísse no chão.

Ela estava na frente de Paul de sutiã e calcinha brancos, com seu lindo vestido em volta dos tornozelos.

"O que você está fazendo?" ela perguntou sem emoção.

"Estou mostrando minha dedicação ao trabalho."

"Talvez você tenha me entendido errado. Não acho que esse seja o caminho certo para você."

"Você não está me dizendo para parar", ela respondeu. "E eu também não ouço você reclamando."

Os olhos de Paul vagaram por seu corpo escassamente vestido.

Ela tinha uma constituição média, um pouco magra.

Seios pequenos e quadris estreitos.

Ficou claro que ele raramente se exercitava, pois seu tônus muscular era fraco.

"Você é bastante atraente", observou ela.

Ela tirou o vestido e deu vários passos à frente até ficar em frente a Paul.

"Aqui está o acordo", ele disse corajosamente. "O novo acordo. Eu serei seu fornecedor exclusivo. Eu também serei seu modelo quando você achar necessário. Você pode me fazer gozar, se quiser. Se eu me sentir muito bem, retribuirei o favor de graça."

Ele levantou uma sobrancelha.

"Você vai devolver o favor?"

"Eu vou fazer você gozar. Livre. Não sou prostituta. Pense nisso como uma gratificação de um agradecido destinatário."

"Parece um relacionamento comercial incomum."

"Nós já cruzamos a linha de qualquer maneira", disse ele.

"Eu vou ter que considerar isso."

Cristina se abaixou e agarrou o pulso de Paul, pegando sua calcinha.

Ele tocou a parte externa da calcinha e esfregou entre as pernas dela.

"Pense rápido", disse ela. "Caso contrário, retirarei a oferta."

Ele deu um meio sorriso.

"A nova e ousada Cristina. Eu gosto."

"Eu também."

Paul pressionou os dedos com mais força contra a calcinha de Cristina.

Ela gemeu com o toque quente.

Ela gemeu ainda mais quando Paul enfiou a mão dentro da calcinha, tocando sua boceta nua.

Ela estava animada, e não havia dúvida sobre isso.

"Você está molhada", ele observou, olhando para ela.

"Eu sei."

"Tire o seu sutiã. Deixe-me vê-lo."

Cristina estendeu a mão para desfazer o sutiã e o jogou no sofá.

Seus peitos pequenos e alegres foram liberados.

Seus mamilos eram rosa e pequenos.

Eles endureceram rapidamente do ar frio e da excitação sexual óbvia.

Ela resistiu ao desejo de cobrir os seios com as mãos porque sempre se sentira insegura no peito.

Mas ela tentou ser corajosa e empurrou o peito para a frente.

"Você gosta?" ela perguntou.

"Eu amo os seios de todas as mulheres. Cada uma é única e especial à sua maneira. A sua não é exceção. Elas são encantadoras."

"Graças ao meu senhor."

"Senhor?" ele perguntou retoricamente. "Eu acho que você sabe do que eu gosto."

"E do que você gosta?" ela perguntou timidamente.

"Propriedade."

"Oh ..."

Paul usou as duas mãos para puxar a calcinha de Cristina para o chão, deixando a garota completamente nua, da cabeça aos pés.

Ele se levantou e pegou Cristina pela mão.

"Siga-me", disse ele. "Há algo que eu gostaria de lhe mostrar."

Ele levou Cristina pelo corredor enquanto segurava a mão dela de uma maneira romântica.

Cristina estava nervosa, mas acompanhou o passo.

Ela sabia que eles estavam indo em direção à sala de escravidão.

A ideia a deixou excitada e nervosa.

A porta estava entreaberta e Paul a abriu.

Ele acendeu as luzes e eles entraram.

O ar estava frio, tornando os mamilos de Cristina ainda mais difíceis.

Seu olhar mudou ao seu redor e ele se perguntou o que Paul havia planejado.

"Você tem um novo conjunto de responsabilidades", disse Paul. "Espero total obediência. Espero você nua o tempo todo. Entendido?"

"Sim, entendo."

"Deite na mesa", disse ele. "De bruços. Vou amarrá-lo. Quero que você volte."

"Sim senhor."

Cristina olhou para a mesa intimidadora.

Era uma tabela diferente da anterior.

Mas parecia igualmente desconfortável e doloroso.

A madeira parecia velha e a estrutura de metal também.

Não havia motivo para reclamar.

Ela fez o que lhe foi pedido e deitou os seios nus e o estômago na mesa de madeira.

Era mais desconfortável do que eu esperava.

A madeira estava fria e coceira nos mamilos sensíveis.

Seus olhos olhavam para o chão.

Ela ouviu Paul atravessando a sala antes de se aproximar dela.

"Eu vou amarrar você", disse ele. "Relaxe os braços e as pernas. Este é um processo simples, se você estiver calmo."

"OK."

"Você tem certeza que quer isso?"

"Sim", ela respondeu.

"Por quê?"

"Porque eu quero voltar."

Cristina não recebeu resposta.

Em vez disso, sentiu Paul amarrar cada um de seus tornozelos na estrutura de metal fria da mesa.

Era desconfortável e um pouco assustador.

Cada nó era muito apertado.

A corda era grossa, o que machucava sua pele.

O mesmo processo foi realizado em seus pulsos.

Cada boneca foi amarrada à armação de metal da mesma maneira.

Quando ele terminou, seus tornozelos e pulsos estavam firmemente amarrados à mesa.

Ela estava de bruços, com o estômago nu e os seios pressionados firmemente na superfície de madeira.

Foi uma sensação bastante aterrorizante saber que ele havia dado a Paul poder absoluto sobre seu corpo.

Ela estava clara e completamente desamparada.

Algo atingiu seu traseiro nu.

Parecia difícil, mas ao mesmo tempo suave.

Eu não tinha certeza do que era.

Então ela sentiu os dedos de Paul roçarem sua bunda.

"Você se importa se eu te tocar assim?" ele perguntou, sabendo a resposta.

"Não."

"Bom. Gosto da sua pele. Você é muito macia ..."

A mão de Paul vagou por sua bunda, sentindo cada curva.

Ele massageou cada uma das nádegas dela com as mãos fortes.

Então ela sentiu algo duro tocar sua bunda novamente.

Tinha uma superfície curva e lisa.

"O que é isso?" ela perguntou.

"É um vibrador. Você já usou um antes?"

"Não."

"Você gostaria de sentir isso?"

"Estou aberto a isso."

"Boa menina."

De repente, um zumbido soou na sala e estremeceu a espinha de Cristina.

Seus olhos permaneceram fixos no chão enquanto ele ouvia o zumbido.

Seu corpo estremeceu violentamente no momento em que o zumbido tocou a ponta do seu clitóris.

Foi doloroso, de um jeito ruim e de um jeito bom.

Ela tentou lutar com ela, lutando contra as cordas, o que era inútil.

O zumbido parou.

"Vamos terminar isso?" Eu pergunto.

"Não. Por favor, não. Vou parar de me mover."

Controle-se Cristina.

O zumbido voltou quando o vibrador foi ativado novamente.

Ele tocou seu clitóris, e Cristina fez o possível para ficar quieta.

Ela lutou contra o desejo de lutar ao aceitar a sensação de vibração contra sua área mais sensível.

Ele fez os dedos se enroscarem violentamente.

Ele cerrou os dentes quando fechou a mandíbula.

Seus punhos cerraram com força.

Ter seu clitóris torturado com um vibrador era a última coisa que ela esperava.

Zumbiu e zumbiu.

A ponta do vibrador segurou contra seu clitóris até que ela pensou que ia explodir.

Pouco antes de ela estar prestes a gritar de agonia, Paul moveu o vibrador e o enfiou em sua vagina.

Foi um sentimento surreal.

Fazia muito tempo desde que ela foi penetrada com mais do que seus dedos.

A vibração dentro de sua vagina era uma mistura de dor e prazer.

Paul habilmente empurrou e puxou o brinquedo sexual.

Cristina fez o possível para não gritar.

"Você está se divertindo com isso?" ele perguntou brincando.

Cristina ofegou.

"Eu ... eu ... uh ..."

"Sim ou não?"

"Sim! Deus, sim."

Paul empurrou o dispositivo ainda mais na boceta de Cristina, fazendo-a ofegar mais.

Ele estava quase sem fôlego quando entrou completamente em seu corpo.

Seus braços e pernas puxaram as cordas, mas sem sucesso.

Ela estava presa com o poderoso vibrador dentro de sua vagina molhada.

"Estás perto?" Eu pergunto.

Ela lutou pelas palavras.

"Sim quase..."

"Venha para mim, bebê."

O vibrador foi empurrado e puxado para dentro da buceta de Cristina sem piedade.

Ela tentou relaxar seu corpo, o que sempre facilitava seu orgasmo.

Ela fez o possível para relaxar os músculos vaginais do alongamento, permitindo que Paul escapasse.

Seu orgasmo era iminente devido ao vibrador.

E foi um orgasmo diferente de todos os que eu já havia sentido antes.

Ser amarrada e chicoteada enquanto um objeto vibratório empurrava dentro de sua vagina era uma combinação poderosa.

Os dedos dos pés de Cristina se arquearam mais e os punhos cerraram mais.

Todos os músculos do seu corpo se contraíram.

Seus suspiros e gemidos ficaram mais altos.

"Oh meu Deus ... oh meu Deus ... oh meu Deus ..."

De repente, o dispositivo foi alterado para uma velocidade mais alta e as vibrações ficaram muito mais fortes.

Cristina gritou com a vibração poderosa quando ela foi empurrada e puxada em sua vagina.

Ela chorou.

Então ela chorou incontrolavelmente quando chegou ao clímax.

Uma onda de fluidos jorrou de dentro de sua vagina, bagunçando a mesa e deixando uma poça no chão duro.

Mais impulsos vieram do vibrador até que os fluidos parassem.

Paul removeu o vibrador da vagina de Cristina, que fez um zumbido alto.

Então ele desligou.

Quando o ataque vaginal finalmente terminou, a buceta de Cristina estava uma bagunça pingando.

Sua umidade era como um pequeno rio orgástico.

Sua vagina brilhava com seus fluidos vaginais.

A mesa estava molhada.

E os líquidos caíram no chão como uma torneira pingando.

Cristina mal estava consciente enquanto lentamente recuperava a compostura.

Foi de longe o melhor orgasmo que ela já havia experimentado.

Ele ouviu os passos de Paul se aproximando de sua cabeça.

Paul se inclinou e beijou seus cabelos.

Ela se perguntou por que Paul ainda não a tinha desamarrado.

"Estamos ... terminamos ..." ele conseguiu falar.

"Ainda não. Você se lembra da sua promessa?"

"Qual delas?" ela gemeu.

"Você disse que se eu fizesse você gozar, você retribuiria o favor. Então, como foi o seu orgasmo?"

"A ... porra ... incrível", ele deixou escapar.

Paul sorriu para ele.

"Boa garota. Agora, você quer devolver o favor?"

"Sim, senhor. Você me desamarra?"

"Eu gosto de você nesta posição."

Cristina ouviu o som das calças de Paul se abrindo.

Ela sabia exatamente o que Paul queria.

Ele ainda estava parado perto do rosto dela, o que significava que ele não estava interessado em transar com ela, pelo menos não naquele dia em particular.

Ela olhou para cima quando Paul se aproximou de seu rosto.

Ela viu o pau duro dele apontado diretamente para os lábios dela.

Era óbvio o que ele queria.

Com um coração lascivo, Cristina abriu a boca quando Paul deu outro passo à frente, entrando entre os lábios.

Não houve processo de sentimento e não houve tempo para se ajustar.

Paul simplesmente empurrou seus quadris para frente para que Cristina pudesse chupar como uma boa submissa deveria.

"Meu Deus. Você tem lábios como um anjo", disse ele, impressionado com o que sentia em seu pênis.

Sexo oral nunca foi coisa de Cristina.

Ela nunca foi muito boa nisso, e nunca foi sua preferência fazê-lo.

Mas com Paul, ela estava ansiosa para agradá-lo.

Especialmente com a poderosa sensação orgástica que ainda fluía através de seu corpo.

Sua falta de habilidades não era um problema, pois seu corpo ainda estava amarrado à mesa.

Paul fez todo o trabalho, empurrando suavemente os quadris de um lado para o outro.

Tudo que ele precisava era de uma boca quente para foder.

Tudo o que Cristina tinha que fazer era manter os lábios apertados ao redor do membro duro de Paul e chupar.

"Droga, eu vou gozar", Paul rosnou. "E você vai engolir."

Seu senso de comando era emocionante para Cristina, por um motivo que ela não conseguia entender.

Ela sentiu as mãos de Paul esfregando seus cabelos enquanto ela chupava.

Ele sentiu seu membro se tornar ainda mais rígido dentro de sua boca.

Ela fez o possível para usar a língua no membro dele, que sempre dizia que ela se sentia bem.

O pau afundou em sua boca, deixando-a enjoada.

O reflexo de vômito foi terrível.

Mas Paul imaginou o quanto Cristina poderia suportar, então ele nunca se esforçou demais.

Era o sinal de um profissional, ela pensou consigo mesma.

Ela viu Paul se acariciar até o orgasmo, enquanto a ponta de sua ereção ainda estava dentro de sua boca.

Ela manteve os lábios bem fechados ao redor dele.

Paul rosnou enquanto a acariciava furiosamente.

Segundos depois, sua língua estava coberta pelo sêmen de Paul.

Jato após jato.

Tinha um sabor diferente.

Ela engoliu em seco para impedir que sua boca transbordasse.

Segundos depois, o fluxo de sêmen parou e Cristina engoliu tudo.

"OMG", disse Paul, puxando o pau para fora da boca. "Isso foi maravilhoso. Onde você aprendeu a chupar assim?"

Ele se curvou por um momento, antes de se levantar para fechar as calças.

Então ele se abaixou para desamarrar Cristina.

Quando foi libertada, ela acariciou seus próprios pulsos e tornozelos, que tinham manchas vermelhas escuras.

Ela rapidamente percebeu que ainda estava completamente nua e que não se importava mais.

Ela gostava de ficar nua na frente de Paul.

"Gostei muito de toda a experiência", disse ele com confiança.

Paul tocou seu pescoço e a beijou na testa, depois mais nas bochechas.

Finalmente, ele plantou vários beijos no cabelo dela.

"Eu também. Nossa associação vai funcionar muito bem. Pense em todas as possibilidades que podemos compartilhar juntos."

"Eu sei."

"Você é como uma borboleta, crescendo diante dos meus olhos", disse ele.

"É tudo culpa sua", ele sorriu. "Agora, se você me der licença, fiz algo muito especial para o almoço. Você vai adorar. Tenho certeza de que você tem apetite, então é melhor eu prepará-lo agora."

Cristina levantou-se e caminhou nua em direção à porta.

Havia confiança em sua caminhada.

Ela adorava ficar nua.

Foi divertido.

Fluidos escorriam pelas pernas dela.

O gosto do sêmen ainda estava em sua boca.

Então ela parou quando alcançou a porta e se virou para olhar para Paul, orgulhosa de seu corpo nu.

Ela disse a ele para não se preocupar com a bagunça na sala, que ela iria limpar depois.

Era parte de seus deveres recém-descobertos.

CHEF SUBMISSA 2
O MASTER CHEF

63

MICHAEL

64

CAPÍTULO I

Desde pequena sabia que queria ser chef.

Trabalhei muito para realizar esse sonho e finalmente consegui tudo o que sempre quis quando, enquanto servia as refeições para o Paul, ele me recomendou e eu consegui a posição de chefe de cozinha em um dos melhores restaurantes de Nova York.

Mas chegar ao topo teve seus efeitos colaterais na minha vida pessoal.

Aos 28 anos, tenho poucos amigos e, embora tenha tido alguns namorados, não tive interesses amorosos sérios com nenhum.

Conheci Michael e seu irmão mais velho, Tony, em um mercado de fazendeiros local que vou com frequência.

Eles eram co-proprietários de um food truck e frequentavam o mercado dos fazendeiros todas as semanas.

Cerca de um ano depois de conhecê-los, foi oferecido a Tony o cargo de chefe de cozinha em um restaurante local e Michael não queria manter o food truck sozinho.

Um chef do meu restaurante saiu recentemente depois de ter outra chance.

Então, contratei Michael para substituí-lo.

Trabalhamos muito bem juntos desde o início.

Conseguimos manter uma relação de trabalho, embora eu estivesse muito atraída por ele.

A maioria das pessoas diria que Michael parecia normal.

No entanto, achei lindo.

Michael tem cerca de 1,80 de altura e pesava talvez 85 quilos.

Ele tem cabelo preto curto e bagunçado.

Ele usa meia barba o tempo todo e tem lindos olhos castanhos.

CAPÍTULO II

Depois de fechar o restaurante à noite, Michael, eu e algumas outras pessoas do restaurante frequentemente saíamos, jantávamos e bebíamos vinho para relaxar após um longo dia de trabalho.

Ele é muito engraçado.

Portanto, espero poder deixar isso para trás quando chegar a hora.

Michael e eu fugíamos para correr de vez em quando, quando podíamos.

Eu amo correr com ele.

Muitas vezes ele não está vestindo uma camisa e seu suor brilha em seu corpo.

Eu acho que adoraria correr minha língua sobre seu corpo suado.

Eu imagino os dois quentes e suados enquanto estamos transando.

Mas eu tive que me livrar desses pensamentos e me concentrar em correr, não nele.

Não poderia me relacionar com alguém com quem trabalho e que também é meu empregado.

De qualquer forma, não sei se você gostaria.

Tenho 1,65 de altura, peso cerca de 60 quilos, tenho cabelos ondulados na altura dos ombros, algumas verrugas, e agora uso óculos de aro preto.

De forma alguma sou muito magra, posso ser bonita, mas não sou bonita.

Não sou o que você chamaria de sonho de todo homem, pelo menos é assim que me vejo.

Um dia, estávamos nos preparando para o jantar e Michael estava sendo muito legal comigo.

Sempre brincávamos e nos divertíamos no restaurante, mas esta noite foi diferente.

A noite toda ele encontrou motivos para me tocar excessivamente.

Se ele precisava de algo que estava ao meu lado em vez de andar para pegá-lo, ele viria atrás de mim e acariciaria minha bunda.

Uma vez eu estava conversando com outro chef que estava trabalhando na estação em frente à minha, ele veio por trás de mim e estava tão perto que eu podia sentir o calor de seu corpo.

Eu podia ouvi-lo respirar profundamente enquanto ele cheirava meu cabelo.

Eu podia sentir sua respiração em meu pescoço, o que causou arrepios em meu corpo.

Outra vez, eu estava procurando por algo nas saliências altas, o que é um problema comum para garotas baixas como eu, e ele veio atrás de mim para me ajudar e esfregou a virilha contra minha bunda.

Na época, ela não tinha certeza do que havia acontecido com ela.

Mas eu estava gostando.

Imaginei que ele fosse me forçar, ali na cozinha, e me foder por trás.

Só de pensar isso me deixou molhada.

Tentei não deixá-la perceber o que eu estava sentindo e rezando para que ninguém mais notasse.

Eu tinha que manter o controle da cozinha e quanto mais isso me tocava, mais difícil se tornava me concentrar em pegar esses pratos na hora do jantar em tempo hábil.

Consegui terminar o atendimento com tudo bem atendido e no prazo.

CAPÍTULO III

Estávamos fechando à noite e Martin, um lavador de pratos, saiu, deixando Michael e eu terminarmos a limpeza.

Minha cabeça estava girando depois de um serviço tão ocupado e, para culminar, Michael teve suas mãos e virilha em mim a noite toda.

Eu estava me perguntando o que estava acontecendo de qualquer maneira.

Ele nunca foi tão físico comigo antes.

Brincamos e provocamos, mas nunca nada físico.

Tínhamos terminado a noite e íamos nos encontrar com outros colegas de trabalho e chefs em nosso lugar favorito para jantar e sair depois do trabalho.

Normalmente só andávamos por lá, pois ficava a apenas alguns quarteirões de distância.

Fechei a porta e começamos a andar pelo beco e senti Michael colocar sua mão nas minhas costas enquanto conversávamos.

Está tudo bem, pensei, nada de prejudicial aqui.

Ele provavelmente está apenas cuidando de mim.

Continuamos andando e sua mão se moveu mais para baixo na minha bunda e apertou.

Eu me virei e gritei com ele.

"Michael, o que você está fazendo? Você colocou suas mãos sobre mim a noite toda! Eu tentei ignorar pensando que você iria parar ou que talvez não percebesse o que estava fazendo. Mas isso ... isso já é óbvio".

Eu disse olhando para ele com o meu melhor visual, agora você tem que me responder.

Michael olhou em volta como se estivesse tentando encontrar palavras para explicar seu comportamento.

Então ele finalmente falou.

"Cristina ... gosto de você desde que nos conhecemos na feira. Mas nunca tive coragem de te dizer. Não achei que você daria uma chance a um cara como eu." Michael explicou.

Interrompendo-o, perguntei-lhe:

"Então você pensou que poderia me dizer que estava interessado em mim apertando minha bunda?"

"Eu sei, mas ouvi dizer que você tem um lado submisso, Cristina, me desculpe por ter acariciado sua bunda." Ele fez uma pausa e continuou: "E esta manhã, em nossa corrida, você parecia com tanto tesão que me custou tudo que eu poderia não levar você para um lugar isolado no parque e te foder ali mesmo. Eu penso em você o tempo todo." "

Fiquei pasmo.

Michael pensando em mim e fazendo sexo comigo?

Você notou que sou submissa e gosto de dominação?

Como pode ser?

Ele acha que sou sexy e quer me foder?

E depois de todo esse tempo você me diz isso?

Tenho escondido os mesmos sentimentos por ele, porque tinha medo da rejeição e ele também tinha medo.

Eu me senti perdido em sua declaração, mas também me senti liberado.

Nós podemos fazer isso?

Michael então me puxou para mais perto dele e me olhou nos olhos.

Era como se ele estivesse buscando aceitação e aprovação.

Sua boca parecia tão deliciosa, seus olhos queimando profundamente em minha alma.

Então aconteceu.

CAPÍTULO IV

Michael colocou a mão no meu cabelo e me puxou ainda mais perto e me beijou.

Foi um longo, duro, apaixonado e muito quente.

Eu me afastei e me senti desmaiado de emoção.

Eu podia sentir meu coração batendo forte.

"Michael, eu queria isso há tanto tempo. Eu também gostei de você desde o momento em que nos conhecemos e não achei que você me daria uma chance. Então nos tornamos tão bons amigos que eu não queria estragar isso." Disse.

"Cristina, durante esse tempo de trabalho juntas, vi como você assume o comando da cozinha, exige respeito e os funcionários dão isso a você porque você merece. Todos te amam. Você é a rainha da cozinha. Você é uma Domme perfeita. Você é adorável! Adoro a forma como põe o cabelo atrás das orelhinhas fofas. Adoro a forma como cantas para ti própria e dança quando não pensas que alguém está por perto ou a ouvir. "

Michael implorou.

"Por favor, não pense tão pouco de si mesmo. Porque eu acho que não."

Então, antes que eu soubesse o que ele estava fazendo, puxei-o para mim e estávamos nos beijando novamente.

Nossas mãos estavam uma sobre a outra.

Eu não aguentava mais.

Eu o amava.

Eu precisava disso

AGORA!!

Enquanto nos beijávamos e nos tocávamos, Michael me puxou contra a parte de trás do prédio.

Ele tirou meu casaco de chef enquanto me beijava e lambia minha orelha e depois meu pescoço.

Suas mãos desceram para minha calça e ele abriu e lentamente abriu o zíper.

Coloquei minhas mãos em seus ombros para me equilibrar.

Ele se ajoelhou e enquanto eu removia minhas calças, ele beijou minha barriga, até meus quadris, então minha parte interna das coxas.

Finalmente, ele tirou minhas calças e jogou-as junto com meu casaco.

Minha mente estava trabalhando a mil por hora, meu coração batia rápido.

Ele não podia acreditar que isso finalmente aconteceria.

E de todos os lugares onde poderia estar, era atrás do restaurante e em um beco escuro.

Mas eu não me importava mais.

Eu queria tanto ter Michael dentro de mim.

Minha boceta estava começando a latejar e ficar molhada.

Michael então olhou para mim com olhos selvagens e disse:

"Você tem certeza sobre isso Cristina? Podemos parar quando você quiser. Apenas me diga, ok?"

Tentando recuperar o fôlego, assegurei-lhe:

"Nunca tive tanta certeza de nada em minha vida".

CAPÍTULO V

Ele começou a beijar a parte interna das minhas coxas.

Deixando um rastro de beijos suaves e ternos.

Quando ele chegou à minha boceta molhada, ele respirou fundo e eu pude vê-lo sorrir.

Ele enganchou seus dedos sob minha calcinha vermelha e a deslizou para baixo para tirá-la do caminho que o esperava por baixo.

Então ele começou a beijar minha boceta, mas sem tocá-la ainda.

Percebi que ele estava se divertindo tirando sarro de mim.

Finalmente, depois de alguns minutos disso, ele mergulhou a língua entre as dobras da minha boceta molhada e lambeu os sucos que o aguardavam.

Coloquei minhas mãos em seus cabelos e ele levantou minha perna sobre um de seus ombros para facilitar o acesso.

Foi tão bom.

Ele estava devorando minha buceta.

Ele começou um ritmo de primeiro chupar meu clitóris, e então sua língua fodendo meu buraco anal e, em seguida, lambendo meu buraco molhado até meu clitóris e começando de novo.

Ele fez isso uma e outra vez.

Foi tão bom.

Eu queria que ele colocasse sua língua e dedos dentro do meu ânus.

Que ele me colocou contra a parede e me forçou com força colocando seu pau por trás.

Mas eu nunca fui comido assim antes.

Michael foi muito bom e eu aproveitei cada minuto disso.

Eu não sabia o quanto mais poderia aguentar até gozar.

Ele então enfiou um dedo em mim, deslizando-o para dentro e para fora enquanto chupava meu clitóris.

Isso continuou por mais alguns minutos.

E eu não aguentava mais.

"Michael, eu vou gozar se você não parar!"

Ele não parou, ele era implacável.

Percebi que ele queria que eu fosse.

Então eu finalmente me deixei ir.

"Aaahhhh, foda-se Michael!" Eu gemi enquanto corria por todo o rosto dela.

Meu corpo convulsionou quando ondas de prazer tomaram conta de mim.

Michael não desperdiçou uma gota de meus sucos enquanto se agarrava a mim.

Quando ele começou a se levantar para me alcançar, ele começou a beijar o caminho de volta ao meu umbigo, em seguida, lentamente tirou minha blusa preta.

Comecei a ficar nervoso por alguém nos ouvir.

Eu olhei para os dois lados, mas não vi ninguém.

Eu já tinha tirado meu sutiã vermelho.

Meus seios em forma de xícara C se encaixaram perfeitamente em suas mãos quentes enquanto ele os apertava.

Ele começou a chupar meus mamilos eretos.

De vez em quando, ele mordeu levemente, enviando um raio de prazer para minha boceta.

Ele trabalhou em ambos os meus seios enquanto eu estava agarrando suas costas e sua bela bunda.

Não sei por que esperamos tanto para contar um ao outro como estávamos nos sentindo e agora estamos em um beco escuro nos preparando para foder!

Isso foi demais para mim, então eu o puxei para perto e o beijei.

Ele podia me provar em sua boca.

Foi doce e me senti muito sujo e excitante desfrutar meus sucos com ele.

Comecei a me perder no abraço.

Senti como nossas almas estavam conectadas de uma forma que nunca havia sentido antes com ninguém.

Interrompendo meus pensamentos, ele de repente me virou e me colocou na frente da parede de tijolos.

Eu empurrei minha bunda em sua virilha, implorando para ele fazer o que ele mais queria.

Ele abriu minhas pernas e desabotoou as calças.

Eu podia senti-lo esfregando seu grande pau latejante para cima e para baixo na minha bunda e depois na minha boceta.

Parando na abertura do meu sexo.

"Michael, por favor, me leve por trás agora!" Eu implorei a ele.

"É isso que você quer puta? Cristina, me diga, me implore para te foder na bunda"

Ele começou a mergulhar lentamente a ponta de seu pau em meu buraco apertado e molhar seu dedo com meus sucos, então saiu novamente.

Tirando sarro de mim.

Sua falta de respeito me excitou como nunca antes.

"Sim, por favor, senhor. Foda-me. Foda-me com força. Muito forte." Eu disse enquanto me virava um pouco e olhava para ele.

Seus olhos estavam cheios de paixão e luxúria, por mim.

De repente, ele bateu em mim de uma vez.

Me dando tudo que ele tinha, os 20 centímetros dentro da minha bunda!

Foi tão bom.

Eu não conseguia acreditar o quão grande e doloroso parecia dentro de mim.

Me enchendo completamente.

"Aaahhhh foda-se! Sim, sim, sim! Dê para mim! Mais forte! Foda-me mais forte! Bata em mim!"

Ele começou a me dar um tapa nas nádegas enquanto me empurrava com força contra a parede.

Seu pau deslizou quase completamente dentro do meu ânus com o forte empurrão que ele me deu.

Então ele começou a puxá-lo e deixando apenas sua cabeça dentro e bateu em mim novamente.

Ele fez isso várias vezes.

Doía cada vez menos e o prazer era cada vez mais incrível.

Eu inclinei meus braços contra a parede para que eu pudesse continuar a segurá-lo com esta força.

Enquanto segurava minha cintura com uma mão e meu ombro com a outra, ele continuou a me foder com força.

Então ele diminuiu a velocidade e começamos uma batida.

Eu recuei encontrando cada uma de suas estocadas.

Foi hipnótico e ótimo.

Então ele tirou a mão do meu ombro, tocou meu clitóris e começou a trabalhar enquanto ele continuava a foder minha bunda.

Eu senti como se fosse gozar novamente.

Mas ele deve ter sentido meus músculos tensos e parou.

"Você ainda não pode vir, vadia, eu quero ir com você dessa vez Cristina."

Michael sussurrou as palavras obscenas em meu ouvido enquanto puxava seu grande pau para fora do meu ânus dilatado.

Então ele ficou de joelhos e começou a beijar minha bunda, começando no início da minha bunda e terminando no meu buraco dilatado.

Isso me pegou de surpresa.

Nenhum dos meus namorados ou empresas anteriores, poucos como eram, jamais tentou beijar minha bunda.

Mas sempre me perguntei como seria a sensação.

Agora tenho minha chance.

Ele assumiu o controle total sobre minha boceta e minha bunda também.

Trabalhando o ânus com a língua, depois enfiando um dedo, depois dois.

Lentamente, tomando seu tempo para prepará-lo para ele.

Ele levantou a mão e começou a brincar com meu clitóris.

Meus joelhos estavam ficando fracos.

Todo esse estímulo foi ótimo, mas também foi avassalador.

"Michael, por favor! Não vou aguentar muito mais. Dê-me o que você tem e me faça gozar!" Eu perguntei a ele, ofegando com luxúria. "Mas faça com força, eu quero que você me domine. Faça o que quiser comigo."

Michael olhou para mim com espanto e me deu o que eu queria, o que nós dois queríamos.

Primeiro ele colocou seu pau na minha boceta molhada para lubrificá-la novamente.

E então eu pude sentir no meu buraco novamente. Ele rapidamente empurrou a cabeça e sem esperar que eu estivesse pronto, ele apresentou todo o seu membro dentro de mim. Já doía muito, mas, droga, era super bem.

Ele me sentiu ficar tensa e rapidamente começou a balançar para frente e para trás, dando-me cada vez mais profundidade.

Mais forte, mais selvagem.

Estava super quente.

Senti vontade de espancar novamente, me dando um tapa cada vez que ele enfiava seu grande pau dentro de mim.

Parecia excelente!

Ela me sentiu ficar mais tenso e começou a me foder ainda mais forte.

Segurando minha cintura com as duas mãos, ele deslizou cada vez mais fundo em mim até que eu pudesse sentir suas bolas batendo contra minha boceta molhada.

Foi tão bom.

Aumentamos a velocidade e estava levando tudo.

Eu me senti tão cheio.

Ele bateu na minha bunda punido e avermelhado uma e outra vez.

"Ooooohhhh ... Aaahhhh ... Foda-se Michael ... que pau duro você tem. É tão bom, por favor, não pare." Eu implorei a ele.

"Vadia, não tenho planos de parar tão cedo. Você se sente muito bem e esperei muito tempo por isso. Vou te foder até você desmaiar." Ne sussurrou Michael enquanto me batia mais uma vez.

Mas suas palavras foram o gatilho.

Ele começou a me foder ainda mais forte e brincar com meu clitóris novamente.

Eu simplesmente não podia esperar mais e comecei a gozar forte.

Palavras estavam saindo da minha boca que nem tenho certeza se eram coerentes.

Eu podia sentir ele bombear mais rápido e seu pau inchando dentro da minha bunda.

Então ele largou sua carga na minha bunda, enchendo-a.

Em seguida, escorrendo da minha bunda, misturando-se com meus sucos escorrendo pelas minhas coxas.

Ele bombeou mais algumas vezes, certificando-se de deixar tudo dentro de mim.

Meu corpo se retorceu de prazer primoroso.

Quando nós dois terminamos de desfrutar de nossos tão esperados orgasmos, caímos no chão.

Eu sentei lá em seu colo, virando-me e tentando beijar seu rosto.

Ele olhou nos meus olhos e eu em seus lindos olhos castanhos.

Ambos incrédulos quanto ao que acabamos de fazer.

Ele lentamente deslizou da minha bunda.

CAPÍTULO VI

Depois de um tempo, Michael colocou meu cabelo atrás das orelhas e disse:

"Cristina, sinto muito por ter demorado tanto para lhe dizer como me sinto. Mas estou feliz que você sinta o mesmo por mim. Nunca senti isso por ninguém tanto quanto você."

Quando as lágrimas começaram a escorrer pelo meu rosto, como nunca havia me sentido tão feliz e compreendido antes, disse a única coisa que pude.

"Sinto o mesmo!"

Ficamos sentados ali por mais alguns minutos nos abraçando, até que ouvimos alguém descendo o beco.

Corremos para nos vestir e corremos para o outro lado antes que alguém pudesse nos ver, caindo na gargalhada.

Quando chegamos ao restaurante para sair com nossos amigos, todos já estavam muito animados.

Eles perguntaram onde estávamos e nós inventamos uma desculpa.

Eu não acho que eles notaram os grandes sorrisos patetas em nosso rosto ou perceberam que nos fodemos completamente.

Eu não posso esperar para chegar em casa com Michael para fazer isso tão difícil de novo.

CHEF SUBMISSA 3

LYDIA

CAPÍTULO I

Tudo tem sido um turbilhão nas últimas semanas.

Algumas semanas atrás, eu estava fodendo com Michael apenas na minha imaginação.

Mas desde o primeiro encontro sexual de Michael comigo no beco atrás do restaurante, tudo mudou.

O que antes acontecia apenas em meus sonhos, agora aconteceu na vida real muitas vezes.

Além do sexo incrível e dominador, Michael me faz sentir especial, linda e desejada como nunca antes.

Venho de uma ótima família que me ama muito.

Mas eles têm que me amar e me dizer que sou bonita.

Michael não precisa dizer!

Ele faz questão de saber que sou uma garota especial para ele.

Michael e eu passamos o máximo de tempo que podemos juntos.

Dormimos quase todas as noites no apartamento um do outro.

Na verdade, ele está aqui na minha casa agora.

Ele ainda está dormindo na minha cama.

Tivemos uma noite longa e agitada no restaurante.

Deixamos de sair um com o outro depois, como costumamos fazer.

Também conseguimos manter nosso romance escondido no trabalho e com nossos amigos e familiares.

Não planejava ter um relacionamento com ninguém com quem trabalho.

Quero ter certeza de que isso vai funcionar, mas não tenho certeza de como isso pode afetar minha autoridade como chef principal.

Então, eu só quero ter cuidado até que estejamos prontos para que todos saibam.

CAPÍTULO II

São oito da manhã e preparo para ele seu café da manhã preferido desde que ele era criança, só com um toque pessoal.

Isso inclui panquecas combinadas com banana, abacaxi e nozes, cobertas com chantilly e cachorros-quentes à parte.

E eu fiz café.

Todos os cheiros do café da manhã se misturam no ar, tornando o cheiro tão bom aqui!

Estou vestindo nada além de sua camisa e meus óculos, é claro.

Meu cabelo está uma bagunça da nossa última noite de foda grande, mas tentei usar meus dedos para domar um pouco.

Minha banda favorita está tocando no Spotify

Uma das minhas músicas favoritas está tocando em toda a cozinha.

Eu balanço de um lado para o outro, me perdendo na letra de partir o coração da música.

"Você só sabe o que eu quero que saiba. Eu sei tudo que você não quer que eu saiba. Sua boca é venenosa, sua boca é como vinho. Você acha que seus sonhos são iguais aos meus ... Oh, eu não sei. Não Eu te amo, mas amanhã eu vou. Oh, eu não te amo, mas no futuro eu vou ... "

"O que mais um homem pode pedir na primeira hora da manhã?" Michael diz atrás de mim, me surpreendendo. "Café da manhã, café e uma garota sexy na minha camisa", então ele assobia para mim.

Eu me viro para ver Michael de pé na porta da cozinha em suas calças pretas e cinza e um olhar errante em seu rosto.

Seus olhos brilhavam como fogo, cheios de luxúria.

Seus lábios macios e deliciosos se separaram ligeiramente, prontos para serem devorados.

Posso ver sua saliência engraçada levando a um lugar delicioso que conheci muito bem.

Minha boca ficou seca ao vê-lo tão divino.

"Você está pronto? Uau, estou com tanta fome." Ele diz com um sorriso diabólico no rosto.

Ele tem um gosto ótimo do que estou com fome agora e não é comida.

E dois podem jogar esse jogo.

"Se você está falando sobre café da manhã, então sim." Digo a ele enquanto me viro e começo a preparar nossos pratos e xícaras de café. "Você dormiu bem? Eu sei que dormi. Eu sempre durmo melhor quando você está na minha cama. Especialmente depois de um bom sexo!"

"Então você quer? Você deve ter dormido muito bem na noite passada, então." Ele me diz com uma piscadela e um sorriso torto.

Uau, eu amo sua boca e as coisas que ela faz com ela.

Vou até a ilha da cozinha onde Michael se sentou e me sento com ele para nosso café, depois nossos pratos de panquecas e salsichas.

Quando me sentei, fiz questão de tocá-lo levemente com minha bunda.

"Na verdade, dormi muito bem ontem à noite, muito obrigado. Agora coma, meu homem faminto!"

Sentamos um ao lado do outro, tocando-nos levemente de vez em quando.

Peguei um dedo e arrastei sobre o chantilly que cobria minhas panquecas e lentamente lambi, observando o tempo todo.

Eu podia vê-lo se mover inquieto e sabia que o estava afetando.

No entanto, Michael estava tentando esconder isso.

Peguei um dos meus pedaços de salsicha e comecei a sugar o suco.

Eu estava aproveitando cada momento tentador de provocá-lo.

Isso continuou por mais alguns minutos, até que Michael não aguentou mais.

Michael se levantou e me virou no banquinho para que pudesse ficar entre minhas pernas e olhar profundamente nos meus olhos.

Pude ver que ele estava muito animado.

Sua ereção estava inchando a calça do pijama e ele estava cada vez mais perto da minha boceta molhada.

Ele começa a levar a mão ao meu rosto.

Pensando que colocaria meu cabelo atrás da orelha como ele costuma fazer antes de me beijar.

Fiquei surpreso que ele continuou avançando.

Ele se inclina, pega um pouco do chantilly das minhas panquecas e leva a ponta dos dedos à minha boca.

"Abra", exige Michael.

Ele é quente como o inferno quando ele é dominante.

Abro a boca e ele desliza o dedo.

"Agora, chupa." Ele continua com sua voz severa.

Eu faço o que ele me diz e começo a lamber e chupar seu dedo.

Tinha um gosto doce.

Michael passou a outra mão para cima e para baixo na minha coxa.

Cada vez que ele se aproximava cada vez mais da minha feminilidade cada vez mais dolorosa.

Ele coloca mais chantilly em seu dedo.

Desta vez, colocando debaixo da minha orelha, então ele lambeu com sua língua tão macia.

"Levante os braços". Michael me contou.

Novamente faço o que ele exige.

Então ele puxa a camisa dos meus braços e a joga de lado em algum lugar.

Me deixando completamente exposta.

Meus seios C cup agora estão nus e meus mamilos estão duros enquanto o ar frio do ventilador de teto os acaricia.

Ele continua a passar chantilly na minha clavícula, onde tenho uma tatuagem com alguns passarinhos voando.

Em seguida, lamber o chantilly e beijar cada ave.

Isso me faz sorrir.

Em seguida, Michael desce para meus seios volumosos e brancos.

Ele leva seu tempo provocando cada mamilo, lambendo e chupando um após o outro.

Sua boca em meus seios é deliciosa e começo a gemer quando ele os morde suavemente.

Ele continua a esfregar suavemente as mãos na parte interna das minhas coxas, dando-me arrepios por todo o corpo.

Em seguida, ele me agarra pela cintura e me levanta até o balcão.

Ele deve ter movido meu prato em algum momento, eu nem percebi isso.

Em seguida, ele coloca chantilly de volta em seu dedo.

Ele me dá um beijo suave e gentil.

Eu cambaleio com o pensamento de para onde o dedo está indo neste momento.

Em seguida, ele desliza lentamente em minha boceta quente e apertada.

No entanto, ele está brincando muito sobre esse jogo.

É preciso todo o poder dentro de mim para não perder o controle.

Mas no final, eu sucumbi ao seu ritmo e apenas o deixei me masturbar com minha buceta.

Eu enredo minhas mãos em seus cabelos enquanto Michael continua invadindo minha boca com sua língua.

Eu começo a morder e puxar seu lábio inferior.

Eu o ouço gemer.

Michael desliza em outro dedo e começa a bombear mais rápido e usa o polegar para trabalhar no meu clitóris.

Isto é incrível!

"Michael! Isso é tão bom. Sim ... Continue assim." Eu implorei a ele.

Eu pego uma das minhas mãos e lentamente traço seu pescoço, ombro, peito com a ponta dos meus dedos.

Continue traçando minha mão por esse caminho.

Nesse caminho sexy que me leva àquele lugar que amo!

Eu desfaço o cordão da calça do pijama e puxo suavemente enquanto eles caem no chão.

Michael sai deles e os chuta.

Eu começo a apalpar sua bunda perfeita.

Eu corro minhas unhas em suas costas e volto para encontrar o caminho feliz novamente.

Desta vez, eu o segui todo o caminho e envolvi minhas pequenas mãos em torno de seu grande pau duro e comecei a bombear.

Quanto mais rápido eu bombear seu membro gordo, mais rápido seus dedos trabalham na minha boceta.

"Cristina, você é tão sexy pra caralho. Você sabe disso, certo?" Ele disse enquanto continuamos nos beijando e ele continuou a me foder e brincar com meu clitóris.

"Sim, estou começando a acreditar nisso. Mas você me faz sentir sexy." Eu confessei enquanto lutava para atrasar o orgasmo que sentia crescendo dentro de mim.

Michael deve ter sentido que estava prestes a gozar quando retirou rapidamente os dedos e enterrou o rosto na minha boceta à beira do orgasmo.

Ele estava chupando meu clitóris com força e trabalhando sua língua em meus lábios.

Quando comecei a gozar, ele continuou a lamber os sucos que fluíam de mim.

Eu me agarrei em sua cabeça, segurando-o no lugar na minha boceta enquanto gritava em êxtase.

Ele continuou lambendo e chupando enquanto meu corpo começou a se contorcer enquanto ondas de prazer varriam meu corpo.

CAPÍTULO III

Quando meu corpo começou a se acalmar, Michael olhou para mim com um brilho nos olhos e um grande sorriso no rosto e disse:

"É a minha vez!"

Michael me agarrou pela cintura e me puxou para fora do balcão.

Certifique-se de ficar firme em meus pés antes de sentar no banquinho.

"Seria um prazer, senhor!" Eu disse timidamente, quando comecei a cair de joelhos sobre ele.

Segurei seu pau enorme em minha mãozinha e então me lembrei do chantilly.

Acho que ele precisa de vingança pelo jogo de antes.

Eu me levanto e ele me agarra.

"Aonde você pensa que está indo?" Ele me disse.

"Eu decidi que estava com fome de mais do que apenas seu pau." Eu respondi com um sorriso, enquanto procurava o chantilly em seu prato.

"Ooooohhhh, isso vai ser insuportável e maravilhoso ao mesmo tempo. Você é tão safado." Michael respondeu, enquanto se encostava no balcão.

Então coloquei um pouco de chantilly em sua boca, beijei-a suavemente e lambi o resto de seus lábios.

Então eu coloquei um pouco em seus mamilos e os chupei.

Seguindo para o caminho da felicidade, coloquei um pouco em seu umbigo e lambi para limpar.

Depois comi mais um pouco de chantilly e coloquei ao longo do caminho, o que me levou ao meu lugar feliz!

Lentamente, comecei a lambê-lo, para frente e para trás, para cima e para baixo, até que me deparei com seu grande e lindo pau.

Agora Michael estava gemendo e me chutando, mas eu não terminei com ele ainda.

Eu pego mais um pouco do chantilly e espalhei levemente na ponta, descendo pelo eixo e a base de seu pênis.

Eu o deixo lá enquanto seguro suas bolas e começo a lambê-las.

Eu chupo cada bola, enquanto o vejo olhar para mim.

Posso ver em seus olhos que ele já foi torturado o suficiente, então não serei mais mau.

Finalmente, presto atenção ao que ele quer que eu faça, o que ele implora com os olhos.

Começando pela base, coloco todo o chantilly na boca com uma grande lambida.

Então, lentamente, envolvo minha boca em torno dele e pego a maior parte do membro na minha boca pela primeira vez.

Então eu começo a chupar sua cabeça sozinha, por um tempo.

"Foda-se, baby! Você é muito bom para mim! Sua boca é incrível!"

Michael mal consegue falar antes de eu levar isso à minha boca, o membro inteiro, novamente.

Então eu começo um ataque ao seu grande pau.

Chupando e lambendo seu grande pau uma e outra vez.

Sou implacável, trago-o à beira do orgasmo e então paro.

"O que você está fazendo? Eu estava quase lá! Não pare." Ele disse com olhos ardentes.

"Eu só não sei se estou mais com fome. Você vai ter que me implorar se quiser que eu termine." Eu expliquei enquanto movia levemente minha língua na ponta de seu pênis. "Você quer mais?"

"Sim, eu quero que você chupe meu pau grande e gordo até que você me faça gozar, então eu quero que você beba meu gozo e engula cada gota!" Ele pediu.

Então ele continuou gentilmente:

"Por favor e obrigado!"

"Ok, já que você disse isso tão gentilmente, vou te dar o que você quer."

Então comecei a chupar seu pau novamente.

Eu estava caindo em suas bolas, pois isso me deixou nauseada.

Fiquei muito orgulhoso por ter conseguido conter as minhas náuseas e voltei a carregar no seu grande pau.

Michael se levantou e segurou minha cabeça e eu pude senti-lo atingir o fundo da minha garganta enquanto fodia meu rosto.

Eu agarrei sua bunda e segurei enquanto ele ia cada vez mais rápido.

Eu podia sentir que estava começando a inchar na minha boca.

Eu sabia que ele estava se preparando para explodir sua carga, então segurei firme.

"Oohhh, sim, foda-se Cristina!" Ele gritou enquanto voava com sua carga que entrou em minha boca com grande força.

Enquanto eu pegava todo o seu esperma e engolia, Michael grunhiu e ordenou:

"Isso mesmo, seja uma boa menina e engula tudo, baby"

Ele bombeou mais algumas vezes enquanto o resto de seu leite vazava em minha boca esperando por seus choques.

Ele me colocou de pé.

Pensei comigo mesmo, foi um boquete bem feito.

Você com certeza gostou muito.

Michael inclinou minha cabeça para cima e me beijou com ternura e esfregou levemente minhas costas e ombros.

Então, batendo forte na minha bunda, ele diz:

"Você é uma garota muito má, tirando sarro de mim como você fez. Mas eu não a aceitaria de outra maneira."

"O mesmo eu digo a você, querida. Eu te amo." Sussurrei em seus ouvidos, esfregando a coceira na minha bunda. "Vou terminar de tomar café da manhã."

Então eu o beijei na bochecha e terminamos o café da manhã.

CAPÍTULO IV

Quase sempre foi assim desde que estivemos juntos.

Éramos brincalhões e adorávamos brincar um com o outro.

Mas também podemos ser sérios e fofos.

Acho que variedade e diversão são o que faz um ótimo casal.

Pelo menos pela minha experiência limitada, é o que parece funcionar entre nós.

Mais tarde naquele dia, Michael e eu fomos ao restaurante nos preparar para o trabalho.

Eu estava nas nuvens.

Primeiro da grande foda da noite anterior e agora da manhã lúdica que tivemos.

Eu não pude deixar de sorrir.

Nunca estive mais feliz na minha vida.

Depois de preparar os pratos do jantar, era hora de revelar o cardápio desta noite aos garçons.

Quando fui para a sala de jantar, parei no meio do caminho.

Lá, à mesa com o resto do pessoal e o proprietário, estava uma nova garçonete.

Ela era alta, e por sua constituição atlética, eu poderia dizer que ela cuidava bem de si mesma.

Ela tem olhos azuis escuros que se parecem com o oceano, lábios vermelho rubi e longos cabelos loiros cacheados.

Fiquei imediatamente corado.

Eu precisava me recompor para poder falar sobre o menu do jantar.

Enquanto ela explicava os vários pratos para a equipe e enquanto eles observavam tudo, ela tentou não olhar para a nova garçonete.

Mas vê-la colocar o garfo da minha comida na boca e vê-la saborear era muito quente.

Fui atraída por sua boca e pela maneira como ele lambeu os lábios depois de algumas mordidas.

A maneira como ele fechou os olhos, gemendo levemente e inclinando a cabeça para trás foi muito ardente.

Era quase como se ela estivesse tentando ser sensual de propósito.

Eles finalmente haviam tentado de tudo e puderam conversar com os clientes sobre o menu desta noite com experiência em primeira mão.

Ele não conseguia sair da frente da loja rápido o suficiente.

Saí pela porta dos fundos para me refrescar um pouco depois ... depois ... bem, o que quer que fosse.

Decidi apenas ignorar um pouco.

Talvez sejam apenas meus hormônios ou algo assim.

Não é grande coisa.

Então voltei para dentro para começar nosso serviço ocupado.

Eu mal podia esperar para sair e encontrar a habitual multidão de amigos e colegas de trabalho no restaurante para jantar.

Seus nervos estavam à flor da pele e ela precisava descansar.

CAPÍTULO V

No final da noite, Michael me beijou e disse que não iria jantar no restaurante esta noite.

Ele tem algumas coisas para fazer pela manhã e precisa ir para a cama logo.

Então, fui sozinha ao restaurante.

É o seu restaurante típico ao estilo dos anos sessenta.

Eles têm uma máquina de disco de vinil que toca música aleatória.

E eles têm os melhores hambúrgueres e batatas fritas!

Realmente atinge o local após uma longa noite agitada.

Quando cheguei lá, tudo estava morto.

Havia dois velhos que são clientes regulares aqui, no balcão tomando café e comendo bolo.

Em um canto estavam alguns adolescentes que ele não tinha visto antes.

Então havia nosso grupo louco.

"Olá a todos!" Eu grito com eles da porta quando os vejo em nossa mesa de costume.

Eles estavam todos lá.

O irmão de Michael, Tony, Frankie, um chef de outro restaurante, John, um cozinheiro, e Julia, uma garçonete, ambos do restaurante ... e ... OMG é ela!

É a nova garçonete.

Como, por que, o que ...

Não consigo nem completar meus pensamentos quando começo a sentir minhas bochechas esquentarem e minha boceta começa a formigar.

Acho que Julia deve tê-la convidado para vir.

Esta será uma noite interessante.

Vamos ver como isso acontece.

Espero não fazer papel de bobo.

Estou pensando tudo isso enquanto procuro um lugar para sentar.

Então a nova garota se levanta.

"Olá, meu nome é Lydia, a nova garota. Você pode se sentar ao meu lado se quiser." Ela me diz, com um sotaque sulista e um sorriso agradável.

Eu olho para a boca dela enquanto ela fala comigo.

Então ele agarra minha mão e me puxa suavemente em direção à mesa.

"Claro, eu acho. Prazer em conhecê-la oficialmente, Lydia. Eu sou Cristina." Eu disse a ela.

Então eu deslizo para o grande armário no canto onde Lydia estava sentada e ela se senta ao meu lado.

O irmão de Michael, Tony, está à minha direita e Lydia à minha esquerda.

Frankie, John e Julia estão na minha frente.

Todos nós pedimos nossa comida e bebidas.

Lydia nos fala sobre ela.

Ela é de algum lugar do Sul, o que é óbvio pelo seu sotaque.

Ele se mudou para cá para sair de sua pequena cidade cheia de interesses ocupados em sua vida pessoal.

Ele não gosta que as pessoas saibam de todos os seus negócios, disse ele.

Então ele imediatamente colocou a mão na minha perna e apertou, o que, claro, me deu calafrios.

O que você está tentando dizer?

Parece-me que há uma mensagem escondida aqui em algum lugar.

Estamos falando de trabalho e vida em geral.

Então Frankie começa a nos contar uma história hilária sobre uma garota que ele namorou recentemente, que deu terrivelmente errado.

Quando Frankie conta sua história, Lydia começa a esfregar a mão na minha perna.

Para cima e para baixo lentamente, ficando mais perto da parte interna das minhas coxas e, em seguida, mais perto da minha boceta agora molhada.

Meu Deus, seu toque é tão bom.

Eu olho ao redor e vejo se alguém percebe o que está fazendo, mas vejo que não.

Graças a Deus.

Mas como posso me sentir assim?

Eu amo Michael e pensei que não gostava de mulheres.

Mas ela me deixou tão quente agora.

Eu fico imaginando ela na minha cama, me beijando ... me lambendo ...

"Uau! Isso tudo parece tão bom, pessoal. Todos vocês encontraram um lugar precioso!" Lydia diz, interrompendo meus pensamentos para a chegada da comida.

Aliviado com a chegada da comida, começo a comer meu hambúrguer com batatas fritas.

Espero que Lydia me deixe em paz agora.

No entanto, não é esse o caso.

Embora ele não esteja mais com a mão na minha perna, ele está lambendo o suco e o sal de seus dedos, bem devagar.

Percebo que Frankie e Tony estão olhando para ela.

Quer dizer, a garota está chupando e fazendo um petisco.

Ele está nos mostrando que ele tem habilidades de sucção insanas e agora são óbvias.

Ela me deixou tão distraído e excitado.

Eu mal consigo comer minha comida.

Finalmente, todos terminam e Frankie tenta fazer Lydia ir com ele.

Mas Lydia o rejeita com seu charme sulista.

Então ele e Tony vão embora, com o que parecem ser alguns aborrecimentos depois daquela exposição que Lydia acabou de fazer.

Julia olha para John, eles estão juntos há alguns meses e diz:

"Você está pronto para ir para casa? Eu sei que estou!" Ela diz com uma promessa clara em seus olhos.

Então eles vão juntos.

"Bem, Lydia, estou indo para casa. Foi bom sair com você. Você deveria voltar para nós. Acho que você foi um sucesso!" Eu disse a ela.

Saio do armário e sigo para a porta.

"Sim, acho que voltarei. Você caminhou até aqui? Se sim, posso caminhar com você. Moro muito perto, muito perto do restaurante, mas não gosto de ficar sozinha a esta hora da noite." Lydia me confessa enquanto me segue para fora do restaurante.

Parece assustador, mas há algo mais nisso, mas não tenho certeza do quê.

"Claro, eu moro a um quarteirão do restaurante, então isso é perfeito." Eu disse a ela.

Então ele pega minha mão e diz obrigado.

Enquanto caminhamos, ela me conta mais sobre sua família em casa.

Eu também conto a ele sobre o meu.

Nós tivemos vidas muito semelhantes crescendo.

É tão bom falar sobre essas coisas com alguém que entende a vida em uma cidade pequena.

Quando paramos na frente de sua casa, ela solta minha mão e se vira para mim, coloca as mãos em volta da minha cintura e diz:

"Bem Cristina, obrigada por me acompanhar até em casa. Foi bom conversar com você e conhecê-la melhor. Porém, gostaria de conhecê-la ainda melhor."

Então ele se inclina e me beija.

Sua boca é tão macia e gentil quanto eu imaginava.

Sua língua invadiu minha boca quando a abri para convidá-la a entrar.

Tem gosto de cerejas.

Eu me perco no beijo.

Suas mãos tocam minha bunda e me puxam para ela.

Mas rapidamente volto à realidade e percebo o que estou fazendo.

Não posso fazer isso, não com Michael.

Então eu me afasto e digo:

"Sinto muito ter te dado um pé ou algo assim, mas eu tenho um namorado que amo muito e simplesmente não posso fazer isso com ele. Eu acho você linda e muito legal. Mas ... Eu simplesmente não posso."

"Cristina, você é uma menina adorável e não me surpreende que veja alguém. Ficaria surpreso se não fosse realmente assim. Lydia me responde.

Não sei o que pensar.

"Se você sabe que estou com alguém, por que me incita?"

Eu peço que você dê um passo para trás.

"Cristina, notei sua reação a mim durante a degustação do cardápio. Vi você me olhando e como você corou. Aí você me deixou esfregar sua perna no restaurante."

Ela começa a esfregar o dedo nos meus lábios.

Então continue:

"Eu sei que você estava pensando em mim. Pensando no que você quer que eu faça com você. Você queria que eu te beijasse assim."

Então ela dá um beijo no meu pescoço.

"Você quer que eu toque em você".

Em seguida, ele coloca uma das mãos na minha bunda quase na minha boceta.

"Você quer que eu te lamba, aqui"

Então ele colocou a outra mão na minha boceta e começou a acariciá-la.

Estou gostando do que ela está fazendo comigo.

Beijar meu pescoço, brincar com meu cuzinho e agora com minha bucetinha!

É tão bom, mas impertinente e ousado ao mesmo tempo.

"Eu sei que você me quer, Cristina, e está tudo bem em deixar para lá e permitir que aconteça. Por favor, venha comigo. Eu não vou fazer você fazer nada que você não se sinta confortável. Eu prometo."

Ela pega minha mão e eu a sigo.

É como se suas palavras me encantassem.

Ela me tem muito no cio agora.

Eu sou massa em suas mãos.

CAPÍTULO VI

Entramos em seu apartamento e ela toca um pouco de música.

Era 30 Seconds to Mars, minha banda favorita!

Eu não pude acreditar.

A música era "The Kill".

O som enche a sala de estar.

Eu fecho meus olhos e começo a balançar para frente e para trás ao ler a letra.

"Você gosta dessa música Cristina?" Lydia pergunta enquanto me entrega uma taça de vinho branco.

"Sim, na verdade 30 Seconds to Mars é minha banda favorita!" Eu digo a ele enquanto ele se senta ao meu lado no sofá.

Sentamos, bebemos nosso vinho e ouvimos a música.

Lydia colocou o copo dela na mesa e depois pegou o meu para colocá-lo na mesa também.

Ela acende algumas velas que estão sobre a mesa.

Então ele volta sua atenção para mim.

Ela começa a passar as costas das mãos pelos meus ombros, pelo braço e de volta aos meus ombros.

Em seguida, ele leva os dedos ao meu peito e traça o decote da minha camisa roxa e beija onde seus dedos estavam.

De repente, eu sabia que a queria e nada mais agora.

Eu pego seu queixo e trago seu rosto perto do meu.

Eu olho em seus profundos olhos azuis por um momento e então tomo posse de sua boca com a minha.

Fodendo apaixonadamente sua bela boca.

Minhas mãos estão entrelaçadas em seu cabelo enquanto o puxo suavemente.

"Ahhhhh ..." Lydia geme em minha boca.

Lydia começa a tirar minha blusa e depois meu sutiã preto.

Ela para para lamber cada mamilo.

Então tiro sua blusa rosa e seu sutiã de renda rosa.

Deus!

Ela realmente tem um corpo incrível e seios fartos e opulentos.

Eles devem ter pelo menos um copo D, talvez o dobro D.

Eu pego seus seios flexíveis em minha boca e chupo um mamilo.

Eu belisco o outro para que ele não se sinta excluído.

Enquanto trabalho seus seios, ela começa a desabotoar a calça jeans e depois desabotoa a minha.

Eu libero seus seios e Lydia me puxa para o sofá.

Isso me tira o fôlego, parece tão sexy!

Eu não posso acreditar que isso está acontecendo.

Não posso acreditar que sinto isso tão fortemente por ela.

Lydia coloca os dedos na minha cintura e puxa minhas calças para baixo.

Tento ajudá-la, tentando chutá-los.

Finalmente ela os puxa do meu pé.

Estou deitada em seu sofá completamente nua, exceto pela minha calcinha preta.

Ela levanta meu pé e começa a chupar os dedos do meu pé esquerdo.

Em seguida, ele me beija em seu caminho até minha perna, até a parte interna da minha coxa.

Em seguida, começa na ponta dos pés com o pé direito e sobe pela perna até a parte interna da coxa.

Beijos suaves e quentes aquecem minha pele.

Estou respirando mais pesadamente do que antes.

Posso sentir o cheiro das velas perfumadas de coco que você acendeu antes.

Eu amo o cheiro da praia e agora me lembra de seus olhos azuis do oceano.

Eu olho para ela e ela está me observando atentamente, deixando um rastro de beijos na minha pele pálida.

Quando chegar à minha boceta, primeiro lamba ambos os lados dos meus lábios externos.

Ele então puxa minha calcinha para o lado e passa a língua sobre meu clitóris inchado.

Ela faz isso uma e outra vez.

Indo cada vez mais rápido.

Então ele mergulha sua língua em meus lábios internos e começa a lamber.

Ela tira os sucos que já estão presentes na minha bucetinha molhada.

Então ele começa a chupar meu clitóris novamente.

"Foda-se Lydia! Oh meu Deus! É tão bom pra caralho, querida" Eu digo a ela entre respirações.

Eu me abaixo e coloco minha mão em seu cabelo e brinco com meus seios com minha mão livre.

Mas ela pega minhas mãos e as coloca em cada lado de mim e continua a chupar sem perder o ritmo.

Ela é dominante e implacável e isso me excita ainda mais.

Ele continua chupando e agora seus dedos estão trabalhando na minha boceta encharcada.

Não sei o quanto mais posso aguentar antes de cair no orgasmo.

"Ooooohhhh! Meu Deus!" Eu grito quando meu corpo começa a tremer.

Lydia está tentando agarrar minhas mãos enquanto me movo sob sua boca hábil.

"Ok, deixe pra lá. Pare de segurar e encontre sua liberação." Ela me encoraja.

Suas palavras eram o que eu precisava ouvir e deixei ir.

Ela soltou minhas mãos e segurou minha bunda enquanto continuava a comer minha boceta.

Comecei a gozar muito forte.

Meu corpo estava em convulsão.

Ondas de êxtase começaram a tomar conta de mim.

Ele estava flutuando cada vez mais longe da realidade.

Até que terminei o orgasmo mais incrível que já tive na minha vida.

CAPÍTULO VII

Uma vez que recuperei o fôlego, Lydia me beijou por todo o meu corpo, tomando seu tempo em meus seios.

Então ele continuou e continuou me beijando na boca.

Eu podia sentir o gosto dos meus sucos nele.

O gosto era tão doce misturado com seu brilho labial de cereja que eu senti como se estivesse lá, nela. agora.

O cheiro das velas misturadas estava me deixando excitado novamente.

Eu a agarrei e virei para que ela ficasse embaixo de mim.

Eu a beijei com força, mordendo e puxando seu lábio inferior.

Isso a fez gemer.

Ele colocou a mão no meu rosto e esfregou minha bochecha com o polegar.

Foi tão doce e me fez sorrir.

Olhamos nos olhos um do outro por um momento.

Então comecei a beijar sua orelha.

Mordiscando e chupando levemente o lóbulo da orelha.

Ela começa a cantarolar.

Adorei o som que ele fez porque ele gostou do que estou fazendo.

Comecei a me mover e beijá-la no pescoço, na clavícula e até o peito.

Ela está brincando com meu cabelo.

Eu lambo entre seus seios enormes, sentindo seu cheiro como ele fez comigo.

Então, continuo descendo até o umbigo.

Ela tem um estômago apertado com abdominais incríveis.

Eu lambo seu umbigo e coloco minha língua nela.

Então começo a me mover mais para o sul.

Eu a beijo nos quadris e depois na pequena pista que leva à sua boceta molhada.

Respiro fundo e ela cheira bem.

Seu zumbido fica mais alto quando eu dou minha primeira lambida na boceta desta mulher.

Ela tinha um gosto doce como um pêssego.

Eu olhei para cima para ver se ele estava gostando e seus olhos estavam fechados, sua boca estava aberta e percebi que ele estava ofegante.

Parece que ela está gostando.

Eu continuo lambendo e explorando sua boceta com minha língua.

Eu encontro seu clitóris e rapidamente bato nele com minha língua e, em seguida, começo a chupá-lo.

As mãos de Lydia imediatamente vão para minha cabeça enquanto ela sinaliza para eu continuar.

Então eu continuo chupando seu clitóris.

Então eu deslizo um dedo em sua boceta.

Está muito apertado.

Não posso deixar de me perguntar se ela já esteve com um homem antes.

Eu trabalho sua boceta até que eu a solto um pouco e então deslizo outro dedo.

Eu continuo chupando e lambendo seu clitóris enquanto a fodo com meus dedos.

Então eu coloco meu polegar em seu cu apertado e começo a esfregá-lo.

Isso continua por um tempo e eu começo a senti-la tremer.

Eu sei que ela está perto, então eu realmente começo a bombear meus dedos mais rápido para dentro e para fora de sua boceta apertada.

Eu chupo mais forte em seu clitóris e esfrego sua bunda mais rápido.

Ele se agarra à minha cabeça com mais força e começa a empurrar sua pélvis enquanto fica duro.

Seus sucos começam a sair dela e eu pego tudo que posso pegar com minha boca.

Ela começa a descer de seu orgasmo, então eu acaricio levemente seu corpo enquanto ela começa a se contorcer.

Me detenho.

Eu levanto minha mão e a beijo.

"Isso foi incrível Lydia! Eu adorei ver você gozar assim!" Disse-lhe.

"Tem certeza de que não se interessa por mulher? O certo é que você sabe usar essa sua boca!" Ela me perguntou.

"Não, eu não estava interessado. Mas espero que não seja a última vez que faço isso também!" Eu digo a ele com um sorriso lascivo no meu rosto junto com seus sucos.

"Eu também espero que não. Eu quero que você faça isso comigo muitas vezes mais!" Lydia disse com um sorriso satisfeito.

FIM